DEUX

Romancière russe de langue française née à Kiev en 1903, Irène Némirovsky publie en 1929 son premier roman, *David Golder*. Traduit dans de nombreuses langues et porté à l'écran en 1931, il lui apportera une renommée internationale. Irène Némirovsky est morte à Auschwitz en 1942 à l'âge de 39 ans, laissant une œuvre foisonnante qui fait d'elle un des plus grands écrivains de l'entre-deux-guerres. Le prix Renaudot lui a été décerné en 2004 à titre posthume pour son roman *Suite française*. *Deux* a été publié pour la première fois aux éditions Albin Michel en 1939.

IRÈNE NÉMIROVSKY

Deux

ROMAN

ALBIN MICHEL

© Éditions Albin Michel, 1936, 2011.
ISBN : 978-2-253-17643-5 – 1ʳᵉ publication LGF

We seek no more the tempest for delight,
We skirt no more the indraught and the shoal –
We ask no more of any day or night
Than to come with least adventure to our goal...

Rudyard KIPLING,
The Second Voyage.

1

Ils s'embrassaient. Ils étaient jeunes. Les baisers naissent si naturellement sur les lèvres quand une fille a vingt ans ! Ce n'est pas l'amour, mais un jeu ; on ne cherche pas le bonheur, mais un moment de plaisir. Le cœur ne désire rien encore : il a été comblé d'amour dans l'enfance, saturé de tendresse. Qu'il se taise maintenant. Qu'il dorme ! Qu'on l'oublie !

Ils riaient. Ils prononçaient les noms l'un de l'autre à voix basse (ils se connaissaient à peine).

« Marianne !

— Antoine ! »

Puis :

« Vous me plaisez.

— Ah ! comme tu me plais ! »

Ils étaient couchés sur un canapé étroit, dans une chambre sombre ; ils avaient éteint les lampes. Un autre couple, à demi caché par un écran devant le feu qui retombait, parlait doucement, sans s'occuper d'eux. Un jeune homme, assis à terre les jambes croisées, la tête appuyée sur sa main, paraissait dormir. Ils avaient soupé, tous les cinq, dans un petit hôtel perdu dans la campagne. Les jeunes filles étaient en robes de bal.

C'était un caprice, une escapade folle. Ils avaient fui une soirée ennuyeuse. Ils étaient partis hors de Paris, droit devant eux. C'était la nuit de Pâques, le premier printemps après la guerre, morose, en pleurs. Mais il fallait rentrer : le jour allait paraître.

Marianne se souleva, écarta les rideaux, ouvrit la fenêtre. Un brouillard, épais et blanc comme du lait, glissait lentement au-dessus d'une rivière invisible, que l'on devinait proche à l'odeur froide de l'eau. Était-ce encore le clair de lune, ou déjà l'aube ? Mais non, la nuit était finie. La pluie tombait. Cependant tout semblait délicieux. Ils n'avaient pas dormi. Ils avaient dansé dans la salle de l'hôtel vide ; ils avaient bu ; ils s'étaient caressés ; leurs visages étaient lassés, affinés par le plaisir, mais non vieillis ou souillés par lui. Rien n'altère l'éclat de la jeunesse.

Marianne s'approcha du feu ; elle portait une robe de mousseline rouge, un collier de boules d'ambre au cou, éclairées par les flammes, dorées comme des grains de raisin. Antoine les caressa, baisa le mince cou nu. Sans rien dire, en souriant, elle se laissait embrasser comme Solange Saint-Clair aux bras de Dominique Hériot, comme toutes les jeunes filles qu'il avait connues. Sans amour, sans soupçonner le plaisir, le pressentiment de l'amour et du plaisir donnait à ces caresses inachevées, haletantes, un goût qui ne se retrouverait plus.

Solange demanda tout bas :

« Mais quelle heure est-il ? Il est tard ? »

Personne ne répondit. Encore un baiser, encore… ces baisers qui trompent leur faim et leur fièvre… Les cheveux blonds de Solange, d'un or léger et doux, tombaient sur ses épaules. Son visage paraissait mystérieux, angélique; elle était si belle ainsi que Marianne dit en la regardant :

« Comme tu es ravissante, Solange... Je ne t'avais jamais bien vue avant, je crois... »

Solange, sans répondre, ferma à demi ses grands yeux noirs. Tous les sentiments étaient troubles et confondus, cette nuit... la volupté et l'amitié, la fatigue et le plaisir. Marianne frappa le feu d'un coup de talon, pour en faire jaillir une dernière lumière. Elle se recoiffa. Elle était mince, presque maigre, vive et ardente comme une flamme; ses yeux sombres, enchâssés dans sa peau brune, étincelaient. Antoine s'approcha de la table servie, se versa à boire. Il fallait partir. C'était dommage. Quelle nuit étrange... Ils se taisaient tous maintenant. Ils n'avaient plus envie de rire. Il dit :

« Allons! Dominique! Gilbert! Il faut partir. »

Gilbert, le frère d'Antoine, feignait encore de dormir, assis aux pieds de Solange et de Dominique qui s'embrassaient sans faire attention à lui. Celui-là était plus vieux que les autres, plus vulnérable; il ne savait pas prendre légèrement les choses légères; il aimait Solange.

« Allons », répéta Antoine.

Le visage de Dominique, pâle et las, se souleva avec peine :

« Va-t'en, toi, et laisse-nous! Va! Jamais nous ne serons aussi heureux...

— Je voudrais mourir ici », murmura Solange.

Mourir... Ils étaient insensés. Cela passerait au matin. Mais lui-même, Antoine, que faisait-il ici? Sa maîtresse l'attendrait en vain cette nuit. Car Nicole était sa maîtresse. Il l'avait oubliée... Marianne n'était qu'un instant de plaisir. Il ressentait la lucidité ardente que donne l'ivresse. Le brouillard, lentement, pénétrait dans la chambre. Quelques mois à peine auparavant, ils étaient tous les trois, Gilbert, Dominique et lui-même, couchés dans les boues de Picardie ou dans les sables de Flandre. Sa bouche forte se serra avec violence. Ses yeux verts, un peu bridés, presque mongols, fulgurèrent. Ah ! qu'il était heureux d'être en vie !

Marianne était debout, près de lui, presque contre lui. Elle dit tout à coup, comme si elle eût compris sa pensée :

« C'est merveilleux…

— Oui », fit-il avec chaleur.

Tous deux pensaient aux jeunes hommes, leurs frères, leurs amis, dont les os, depuis longtemps, étaient dissous dans la terre, dans d'innombrables charniers. Eux, les survivants, savaient enfin qu'ils étaient mortels. C'est une leçon qui ne s'enseigne d'ordinaire que lorsque la jeunesse est finie, mais ceux qui l'ont apprise à vingt ans ne l'oublieront plus. Ah ! qu'il fallait se hâter de respirer, d'embrasser, de boire, de faire l'amour !

« Vous viendrez chez moi ? murmura-t-il à l'oreille de Marianne.

— Oui. Quand vous voudrez. »

Gilbert s'approcha d'eux. Ses traits étaient ravagés, ses yeux éteints ; la barbe repoussait sur son menton et ses joues. Allons, il était temps de partir…

Antoine prit les manteaux des jeunes filles qu'elles avaient jetés sur le lit, en entrant. Elles se levèrent. Dominique alluma la lampe, ramassa les sacs, les gants oubliés, regarda la table. Il ne restait plus une goutte de vin. Marianne passait lentement sur ses lèvres son bâton de rouge. Comment rentrer maintenant ? Si les parents, contrairement à leurs projcts, n'avaient pas quitté Paris, elle était prise. Bah ! Elle se fiait à sa chance. Solange dirait qu'elle avait passé la nuit chez Marianne. Elle, Marianne, qu'elle avait dormi chez Solange. Rien ne se découvrirait, rien ne se découvrait jamais. Et leurs parents, à toutes deux, étaient jeunes encore ; leurs propres passions les occupaient davantage que celles de leurs enfants. Chez elle, elles étaient quatre sœurs, complices comme il se doit. Marianne regrettait l'absence de la cadette, sa préférée, Évelyne. « Quel dommage… Elle devrait être là… », songea-t-elle. Cette nuit, elle ne savait pourquoi, ne ressemblait pas aux escapades habituelles. Elle était… inoubliable…

Au moment de partir, elle regarda, encore une fois, la chambre, le vieux lit sombre, la courtepointe à fleurs, froissée, jetée à terre, le petit canapé rose. Du grand feu qu'ils avaient allumé avec tant de joie, depuis longtemps il ne restait qu'une cendre ardente.

La robe de Solange, ornée de volants de dentelle, blanche et légère comme l'écume de la mer, apparut un instant, éclairée par une fenêtre ouverte, puis ils traversèrent de grands couloirs ténébreux ; la salle du restaurant était vide, des chaises de paille étaient rangées sur les tables, les pieds en l'air. Ils franchirent le seuil d'une terrasse sablée, nue, et virent enfin les feux de l'auto, jaunes et clairs, qui perçaicnt la brume. Marianne sentit brusquement le froid du matin sur ses bras découverts, et son cou. Elle prit lc manteau qu'Antoine lui donnait. Solange fit quelques pas, porta la main à son front, dit d'une voix altérée :

« Oh ! je ne veux pas m'en aller ! »

Ils éprouvaient tous le même désespoir voluptueux, cette angoisse qui s'empare de l'âme quand le bonheur est fini, mais qui est encore toute mêlée de bonheur, comme le limon de la terre est pénétré d'eau. La rivière coulait dans le plus profond silence. En rêve, on voit ainsi sourdre à vos pieds une onde muette et sans couleur qui glisse et vous emporte vers de pâles rives.

Ils étaient immobiles sur ses bords, enchantés, mais un petit cri frileux partit d'un buisson à côté d'eux, et ils virent s'envoler un oiseau aux plumes grises, frissonnantes ; il se percha à la pointe extrême d'un arbre ; un poisson sauta dans l'eau. Les cloches commençaient à sonner : c'était le matin de Pâques.

2

Les vieux Carmontel avaient réuni leurs enfants : Pascal et sa femme, Gilbert, et le plus jeune, Antoine.

Le dimanche de Pâques s'achevait. On avait fini de dîner ; le repas avait été bon, quoiqu'un peu lourd, les vins excellents.

Dans le salon rouge, derrière les fenêtres fermées, à l'abri du printemps glacé, la famille était installée.

Le père et la mère étaient assis l'un en face de l'autre, leurs fils autour d'eux. On avait servi les petits biscuits roses, poudrés de sucre ; les Carmontel buvaient leur tasse de café sans caféine, et les enfants leur filtre, spécialement préparé pour eux, mais toujours un peu faible.

Les parents écoutaient, regardaient, parlaient rarement.

« Ils n'ont plus rien à dire, songeaient les enfants, plus rien au monde ne les intéresse. Ils attendent de nous le récit de faits agréables qui les stimule sans les alarmer. À quoi peuvent-ils penser tout le jour ? Quelle mort anticipée, la vieillesse ! »

Les Carmontel sortaient peu : elle se plaignait d'avoir le cœur malade, des crises d'étouffement, mille maux ; lui était un homme triste et secret, réfugié dans ses livres.

Depuis longtemps il avait cessé de travailler : la vieille firme Carmontel et Fils n'appartenait plus à la famille.

Les deux aînés, Pascal et Gilbert, étaient avocats. Antoine, dont la guerre avait interrompu les études, n'avait pas choisi de carrière. Les Carmontel étaient de vieille et opulente souche bourgeoise et vivaient largement. Aucun des enfants n'habitait plus le grand appartement sombre du boulevard Malesherbes. Ils entraient comme des étrangers dans le vaste salon antique, étouffant, sans fleurs. Chacun d'eux s'efforçait alors d'être cordial, aimable, le plus filial possible, les aînés pour plaire à leur mère, et Antoine, qui n'avait jamais été le préféré de celle-ci, pour faire naître un sourire sur les traits fins, fanés, la grande bouche triste de son père.

Les parents n'avaient pas été heureux ensemble, mais ils étaient vieux maintenant et, entre eux, se formait une amitié invisible à autrui ; ils se savaient unis contre les ennemis communs : les soucis domestiques, l'ingratitude des enfants, la peur de la mort. À certains moments, malgré les orages passés, ils avaient conscience d'une alliance contre tout ce qui menaçait leur repos, cette paix chèrement acquise de l'âge.

Ils regardaient les enfants, Antoine qui allait et venait, incapable de laisser un instant son corps en repos. Gilbert, silencieux, ressassant des tourments qu'ils ne connaissaient pas, qu'ils ne connaîtraient jamais. Pascal, absorbé par sa famille, ses enfants, sa carrière, ses maîtresses, mille soucis. Ils étaient contents de les voir. Ils ne vivaient que pour ces soirs où ils les réunissaient autour d'eux. Ils souhaitaient la venue des enfants, ne pensaient qu'à eux, mais dès qu'ils étaient là, l'inquiétude s'emparait d'eux. Comment Pascal se tirerait-il de l'affaire Brun ?… Il n'expliquait jamais les choses clairement, longuement. Toujours cette impatience funeste de la jeunesse, cette hâte… Et Gilbert ?… Il était amoureux, c'était visible. De qui ?… Antoine avait une maîtresse, cette Nicole Delaney, une femme divorcée, plus âgée que lui. L'épouserait-il ? Quand choisirait-il un métier ? On n'était jamais tranquille avec les enfants ! Mais à quoi bon demander, chercher à savoir, tourmenter sans relâche ces vieux cœurs qui avaient tant battu, qui étaient las ? Ils préféraient ne rien connaître. À ces vies tumultueuses ils opposaient le mutisme, une apparente incompréhension qui cachait une supplication secrète : « Laissez-nous ! Vous nous avez assez tourmentés. Nous sommes fatigués… Laissez-nous, pauvres enfants !… » Dans le passé, les dettes de Pascal, les deux années que Gilbert, menacé de tuberculose, avait dû passer en Suisse, le caractère indiscipliné d'Antoine… Leur propre vie, si difficile, la mésentente conjugale, les maladies et surtout la guerre, les trois fils au front, deux d'entre eux blessés… Enfin, ils étaient tous là, Dieu merci, tous vivants… Eux, les parents, pensaient qu'ils avaient bien mérité leur repos.

Avec le café, Berthe Carmontel dit :

« J'accorde une cigarette… »

Mais elle redoutait la fumée ; elle la suivait des yeux avec inquiétude. Sur une petite table, à côté d'elle, étaient placés son éventail fermé, des potions, des cachets, un crayon anti-migraine. Elle prit l'éventail et, sans l'ouvrir, commença à chasser devant elle la fumée, avec des gestes saccadés, en agitant ses grands bras maigres. Ses traits ravagés, son teint de plomb révélaient une usure profonde de l'organisme, mais la charpente était forte, les os durs et robustes. Depuis vingt-six ans, depuis la naissance d'Antoine, elle tenait la mort en échec. Elle n'avait jamais été belle, elle était massive et sans grâce, mais ce visage avait été éclairé d'un feu de vie et de passion. Encore maintenant, par moments, quand elle s'animait, la flamme ancienne reparaissait. Mais pas ce soir… Ce soir, elle était morne et maussade. Ses lèvres étaient pâles et pincées, à peine visibles ; tous les traits semblaient avoir été trempés dans une eau décolorante. Seuls, les yeux noirs demeuraient beaux et perçants. Son mari, le premier, s'aperçut de son angoisse et adressa à ses fils un signe résigné et las, presque imperceptible, mais que, depuis longtemps dressés, ils saisirent. Ils éteignirent leurs cigarettes. Mme Carmontel demanda en jouant l'étonnement :

« Vous ne fumez pas ? Vous avez peur d'incommoder Raymonde ? »

Elle ne voulait pas qu'on eût pitié d'elle, qu'on lui rappelât ses maux, elle ne voulait pas penser à la mort.

Raymonde, la femme de Pascal, une belle et forte créature au teint blanc, aux cheveux très noirs qui formaient cinq pointes sur son front et ses tempes, aux bras lourds et musclés, commençait sa troisième maternité. Elle sourit avec mépris et, sans répondre, abaissa les yeux sur la petite jaquette d'enfant qu'elle tricotait.

Gilbert gisait au creux du grand fauteuil de damas rouge. Il portait à ses lèvres, du geste qui lui était habituel, l'extrémité de ses doigts joints et répondait d'une voix froide et incisive (tous les Carmontel avaient ce timbre de voix, héritage de leur mère) à Pascal qui l'interrogeait sur un point litigieux du procès Lucain contre Bourges. Chacun d'eux jugeait l'autre scrupuleux jusqu'à la manie, mais dépourvu de réelle valeur, servi par la chance : en reconnaissant les qualités morales d'un frère, on fait honneur à soi-même, à son sang, à la race dont on est issu, tandis que le reproche d'inintelligence n'atteint que l'individu.

Par moments, ses propres paroles, et le ton tranchant sur lequel elles étaient prononcées, étonnaient Gilbert. Que de soins, que de science pour un objet qui lui importait si peu ! Mais rien au monde n'importait… Seule, Solange…

Il la connaissait depuis l'enfance ; il l'avait toujours aimée. Elle avait refusé d'être sa femme, mais elle s'était donnée à lui un soir, où Dominique était avec une autre. Elle avait pleuré dans ses bras, après l'amour. Étranges filles. Quand on avait le malheur de coucher avec l'une d'elles, non seulement la passion physique était plus vive qu'avec n'importe quelle femme, mais on s'attachait à elles. Lui, du moins, était ainsi. Ces deux années en Suisse, entre quinze et dix-sept ans, la maladie, la solitude, les heures de méditation et de silence pendant la cure, tout cela avait agi sur son cœur, sur ses nerfs. Antoine était heureux. Que ce fût avec Nicole Delaney, Marianne Segré, ou une autre, il ne cherchait, lui, que le plaisir, et l'ayant trouvé, il avait la sagesse de ne rien désirer au-delà. Il regarda Antoine presque avec haine : les deux frères avaient toujours été ennemis. Où était Solange, ce soir ?… Il se pencha vers la lampe, arrangea longuement l'abat-jour, puis mit sa main devant ses yeux comme pour les abriter d'une lumière trop vive.

« Les Allemands, dit Albert Carmontel, voudront placer leurs produits chez nous, les porter en compte et éteindre ainsi la totalité de leur dette… »

Antoine approuva avec chaleur. Il n'avait pas entendu un mot, mais il avait beaucoup d'affection pour son père. Rien ne changeait ici ; l'air était doux, un peu étouffant ; la famille dégageait un ennui spécifique, dissolvant, non sans charmes.

« Ce sera le règne des métèques, des intermédiaires, des accapareurs », dit Pascal, se jetant avec force dans la conversation, comme il aimait à le faire.

Antoine se leva et, les abandonnant, alla s'asseoir sur le petit canapé de peluche où, quand il était enfant, il se cachait pour lire *La Case de l'oncle Tom*, tournant la tête contre le mur, afin qu'on ne vît pas couler ses larmes, et où sa mère, un jour, l'avait surpris. Il se rappela le regard froid qu'elle avait abaissé sur lui :

« Cet enfant ne pleure que pour des chagrins imaginaires… »

Elle avait toujours préféré ses fils aînés, cette brute de Pascal, cet haïssable Gilbert… Lui seul pourtant et Gilbert avaient quelques traits du visage de leur mère, et ce ton glacé dans les moments d'émotion. Pascal, au teint fleuri, à la lèvre gourmande, semblait d'une autre race.

Mme Carmontel appela la femme de chambre, lui commanda à voix basse de préparer son lit.

« Déjà ? Vous êtes fatiguée, maman ? demanda Raymonde. Vous n'aviez pas l'air bien ce soir. »

Mme Carmontel ne répondit rien et, s'adressant à Antoine :

« Ce garçon, ton ami Dominique Hériot, on m'a parlé de son mariage avec la petite Saint-Clair. Est-ce vrai ?

— Je ne sais pas. Pourquoi me demandez-vous ça ?

— Pour rien. »

« Elle a deviné que Dominique Hériot était pour quelque chose dans l'humeur, dans le mutisme de Gilbert. Son sens maternel est en éveil. Quand il s'agit de moi, elle est moins perspicace », songea Antoine.

Mme Carmontel sortit en s'appuyant lourdement sur une canne; quelques moments après, les trois fils partirent, l'un après l'autre. Pascal était invité à une soirée. Antoine allait chez sa maîtresse. Gilbert rentrait. Le vieil ascenseur sans toit oscillait et grinçait en s'abîmant lentement vers les étages inférieurs. L'escalier, sombre et vaste à l'ancienne mode, était silencieux, funèbre, solennel comme une cathédrale. En laissant retomber derrière eux la porte cochère, les enfants, malgré eux, soupiraient de plaisir.

Les parents allaient se mettre au lit. Le vieux Carmontel éteignit les lumières, entra dans la bibliothèque pour chercher un livre qu'il emporterait et garderait jusqu'au matin. Son choix en lui-même était fait et portait sur un des quatre ou cinq classiques qu'il relisait sans cesse, mais il faisait durer le plaisir, hésitait longuement, flattait les reliures d'une main amoureuse. Parfois il prenait un volume au hasard, ne le lisait pas, mais l'entrouvrait et le respirait, comme on hume le bouquet d'un vin, le remettait à sa place exacte, en cherchait un autre.

Enfin, les livres sous son bras, il pénétra dans la chambre qu'il partageait avec sa femme et se coucha. Elle ne dormait pas; elle se plaignit d'abord de douleurs dans la jambe, puis demanda :

« Est-ce que le dîner était bon? Je n'ai pas pu avaler une bouchée… Ils ne sont pas restés tard… Toujours pressés, toujours courant. Les parents passent en dernier lieu, on le sait, mais enfin… Je ne comprends pas les idées de Raymonde. Comment élève-t-elle ses enfants ?… Ce petit Bruno, à cinq ans, va commencer le violon. Il est bien trop tôt. Il est délicat, ce petit. Il ressemblera à Gilbert… »

Il écoutait, répondait, mais pas à elle-même, à ses propres soucis :

« Pascal n'a pas retrouvé la lettre de Fargue. Elle était dans ses dossiers, pourtant, j'en suis sûr. Je pense qu'il ne s'est même pas donné la peine de la chercher. Je n'ai jamais vu un garçon plus mou, sous ses dehors d'activité, plus frivole… J'éteins la lampe, Berthe », dit-il enfin.

Il attendrait qu'elle fût endormie pour rallumer et commencer à lire. Elle fermerait les yeux et ferait semblant de dormir : elle savait qu'il aimait lire en paix. Mais il fallait se plaindre encore, il fallait entendre encore ce lent soupir dans la chambre obscure, le son de cette voix qui la rassurait. Oui, voilà ce qu'elle cherchait, ce que le paradis seul, s'il existait, pourrait lui donner. Être rassurée… « Du sein de Dieu où tu reposes… » Où avait-elle lu cela ?… Confiante, rassurée, apaisée à jamais dans le sein de Dieu… Pascal, Gilbert, Raymonde… le petit Bruno, la petite Brigitte, le troisième enfant qui allait naître, Gilbert… Ah ! qu'il était lourd à porter, cet esprit inquiet ! Gilbert était comme elle. Elle avait infiniment pitié de lui. Pascal avait toujours paru voué au bonheur. Pascal était sa secrète revanche contre le sort. Bon petit Pascal, aux joues vermeilles. Antoine… Elle se rappela tout à coup cette journée de novembre, en 14, quand il était revenu du front pour la première fois, et comment, au lieu de l'adolescent parti quelques semaines plus tôt, elle avait vu un homme aux joues barbues, aux yeux profondément enfoncés, au pas balancé, lent, qui desserrait à peine les lèvres. C'était étrange... Les deux autres, malgré les années, malgré l'horrible guerre, étaient restés ses petits, ses nourrissons, et il lui fallait parfois se contraindre pour ne pas soulever de la main leurs cheveux, comme autrefois, et les bercer dans ses bras; mais Antoine était l'homme, l'étranger. Pascal... Gilbert... Cependant, le grand lit de cuivre, si amical, dont son corps connaissait chaque creux, et le souffle de son mari dans l'ombre, c'était ce qui ressemblait le plus à la paix intérieure. Elle continuait à parler à mi-voix, au hasard, de choses et d'autres. Il attendait, mais sans impatience. La voix grondeuse de la vieille femme, depuis longtemps, ne troublait plus son repos, ce silence du cœur qui naissait en lui avec la fin de la journée, la fin de la vie... La présence de Berthe à ses côtés l'apaisait davantage, au contraire, le détendait. Dans ce même lit, pourtant, que de larmes, que de nuits sans sommeil. La jalousie de Berthe, ces querelles, où, épuisés, ils finissaient par s'endormir dans les bras l'un de l'autre, et s'éveillaient pour recommencer à se déchirer... La naissance d'Antoine; la longue maladie de Berthe... Mais, malgré tous les maux de sa femme, il savait bien qu'il partirait le premier. Il ferma les yeux. Elle s'était tue. Elle s'endormait à demi. Elle s'éveilla encore pour se plaindre de Raymonde. Il s'anima, lui donna raison. Ils détestaient tous deux leur bru. Ils étaient plus tolérants l'un envers l'autre qu'au temps de leur jeunesse, mais ce qu'on cesse d'exiger de la vie on le demande à ses enfants. Ainsi, c'était toujours la même chose, le bonheur fuyait, il n'y avait pas de repos de l'âme. Enfin, elle s'endormit; il ralluma la lampe et commença à lire.

3

À minuit, Antoine était de retour chez lui, dans
l'appartement de l'île Saint-Louis qu'il partageait
depuis la guerre avec Dominique Hériot, son meilleur
ami ; encore une fois Nicole avait insisté en vain pour
le garder auprès d'elle jusqu'au lendemain. Il détestait
dormir avec une femme quand son plaisir était fini. « Il
me faut mon canapé étroit transformé en lit, songeait-
il, mon oreiller plat et dur. »

Nicole Delaney, une blonde, encore très belle, les
cheveux plus clairs que sa peau ambrée, les yeux de
velours, était sa maîtresse depuis trois ans. Il avait
commencé par l'aimer à cause de ce doux regard, de ce
menton un peu lourd, de cette bouche à l'expression
sensuelle et bonne. Il disait d'elle volontiers comme de
la chienne Mirza qu'on lui avait donnée à quinze ans et
dont la mort avait été un de ses plus grands chagrins :
« Elle est brave... » Le contraste entre cette bonté,
cette tendre volonté d'attachement et les habitudes
libertines qu'elle affichait était irrésistible.

« C'est cela qui m'amuse en elle, songea Antoine,
ce vieux fond bourgeois qui transparaît à travers
son masque "à la marquise de Merteuil", et à quels

moments ! Elle ferait une excellente épouse. Mais elle n'a jamais rencontré que de vieux débauchés ou de jeunes sots. »

Il hocha la tête en souriant, se rappelant comment, quelques soirs auparavant, en sortant d'un mauvais lieu, elle avait maternellement noué le foulard au cou de son amant. Il tenait encore à elle mais, assez souvent, elle l'ennuyait. En entrant dans sa chambre à coucher, il vit le bouquet de roses qu'elle lui avait fait porter la veille : elle adorait jouer à l'homme. Il acceptait ses fleurs avec plaisir ; il aimait les fleurs, surtout celles-ci, en buissons presque sauvages, chargés de petites roses sombres, dures et parfumées, aux fortes épines de corail.

Épinglé à une des branches, il trouva un billet de Dominique : « Solange Saint-Clair vient de me téléphoner pour nous inviter tous deux chez les Segré. Les parents Segré ne sont pas là, paraît-il, et les souris dansent. Je vous attendrai là-bas. Venez à n'importe quelle heure. »

« Je n'irai pas, pensa Antoine : il est tard. Ça m'assomme de sortir de nouveau la voiture, et comment trouver un taxi dans ce quartier-ci, après minuit ? »

Pourtant, il était intéressé, amusé. Jusqu'ici il n'avait rencontré Marianne que chez les Saint-Clair et d'autres amis communs, mais il n'avait jamais encore été invité chez elle. Il était curieux de connaître la maison où elle habitait. Il savait qu'elle était la fille du peintre Didier Segré et que sa mère était une Wally (les Wally des Fonderies de Lorraine).

Il avait entendu parler de cette union et de ce qui l'avait précédée comme d'un scandale. Les amants, le peintre sans fortune et la riche héritière, s'étaient enfuis, et un enfant était né avant le mariage : Marianne, ou une de ses sœurs ?

« Bah ! j'irai et resterai une heure », pensa-t-il enfin.

Il arriva chez les Segré à deux heures passées. Ils habitaient près du Bois un petit hôtel précédé d'un jardin. Les parents étaient absents ; les jeunes filles avaient invité leurs amis. Dans l'atelier, à peine éclairé, quelques couples dansaient. D'autres étaient couchés à terre, sur des coussins. Le gramophone jouait un air doux, haletant, cristallin, qui semblait étouffé par une épaisseur d'eau (les airs hawaïens étaient alors dans leur fraîche nouveauté). Marianne portait sa robe de la veille, rouge comme une flamme, son collier d'ambre au cou. Elle aimait les couleurs éclatantes, les bijoux de bohémienne. Sur son visage, le fard et la poudre depuis longtemps s'étaient effacés, mais les veilles, le vin, la fatigue n'altéraient pas l'éclat de la jeune chair ardente et hâlée. Elle dansait et, au même moment, en elle, un *double* invisible contemplait sa propre image, sa robe rouge, ses cheveux noirs, ses bras nus, glissant aérienne, silencieuse, agile dans les bras d'Antoine. Dans la jeunesse, à certains instants, où la félicité atteint son point le plus haut, presque douloureux, on est ainsi à la fois acteur et spectateur – spectateur enivré, amoureux de soi-même. Comme elle aimait le plaisir ! Quand les parents n'étaient pas là, il était impossible de se coucher sagement. Comment perdre une nuit, sans plaisir, sans cette extraordinaire effusion intérieure que créait la présence des jeunes seuls, entre eux, et que le bal le plus brillant ne vaudrait jamais à leurs yeux ! Chaque seconde était précieuse, irremplaçable ! La jeunesse seule sait combien le temps est rapide. Plus tard, on s'habitue à la brièveté de la vie, comme à la maladie, à la malchance, mais, à vingt ans, chaque instant qui passe, on voudrait le retenir, le serrer contre soi, comme plus tard, l'enfant qui grandit ! Ce n'était pas Antoine qui importait encore, pas l'amour, mais le plaisir. Comme elle était heureuse ! Si heureuse que, par moments, ses yeux se remplissaient de larmes. (Elle avait trop bu, et le manque de sommeil l'intoxiquait.)

Ils parlaient à voix basse :

« Qui êtes-vous ? Je ne sais rien de vous. On m'a dit que vous étiez la fille de Didier Segré. Est-ce bien Segré, le peintre ?

— Oui.

— Vous êtes quatre enfants, n'est-ce pas ? Où sont vos sœurs ?

— Voici l'aînée, Régine, dit-elle en montrant une fille, vêtue d'une robe de velours noir, aux traits parfaits et glacés, mais déjà imperceptiblement fanés. Celle-ci, petite et blonde, qui ressemble à une chatte, c'est Odile. Enfin, la quatrième, Évelyne.

— Vous êtes la plus jeune ?

— Non, Évelyne est la cadette. J'ai vingt ans, mais elle est plus *femme* que moi. »

Antoine aperçut une jeune fille plus grande et plus belle que Marianne, le dos et les bras nus, d'un éclat de fleur. L'extrême beauté de son corps et de son visage le frappa.

« Vos parents ?

— Délicieux, mais toujours loin l'un de l'autre, et loin de nous. Et vous ? Car, moi non plus, je ne sais rien de vous. Vous êtes l'ami de Dominique Hériot ? Quel âge avez-vous ?… Non, attendez ! Est-ce que vous ressemblez à Dominique ? Qu'est-ce qui vous plaît ?

— J'ai vingt-six ans. Je ne ressemble pas à Dominique. Je suis plus brutal que lui sans doute. Ce qui me plaît ? »

Il se tut et la pressa contre lui. Mais bientôt ils recommencèrent à parler ; ils échangeaient des confidences d'une voix basse, haletante ; ils avaient hâte d'achever l'un pour l'autre leurs portraits :

« Comment étiez-vous quand vous étiez petit ?

— Casse-cou, batailleur, cancre. Et vous ?

— Moi, mes sœurs m'appelaient Perpetuum Mobile.

— Je vous appellerai la Flamme, dit-il. Hier déjà, en vous tenant dans mes bras, j'ai pensé que vous étiez… brillante et insaisissable comme le feu, fit-il tout bas à son oreille.

— Oh ! hier, vous rappelez-vous ?

— Demain, nous partirons hors de Paris, ensemble, mais seuls.

— Oui.

— Et… tout ce que je voudrai ?

— Oui, répéta-t-elle en inclinant la tête.

— Est-ce que vous avez eu des amants ?

— Non. Jamais », dit-elle.

Ils s'arrêtèrent tout à coup, étonnés d'avoir parlé ainsi. Marianne dit doucement :

« C'est comme dans un rêve, n'est-ce pas ? »

Ils virent alors que le jour paraissait aux fenêtres. Le gramophone s'était tu. On n'entendait plus personne dans la maison. Ils se séparèrent.

4

Dominique Hériot s'était réfugié dans un petit salon vide, où les sons de la musique ne parvenaient qu'à peine, bas et étouffés, où il pouvait être seul. Il passait sa vie à osciller entre le désir de la solitude et celui du monde. « Personne n'aura gaspillé autant de forces que moi dans la conversation la plus vaine. Personne n'aura autant haï les gens. »

Il se versa du whisky, examina quelques toiles de Segré inachevées; elles étaient placées à terre, tournées contre le mur; il en prit une, la porta à la lumière : c'était un visage de femme, les cheveux et le cou laissés en blanc, mais chaque trait respirait le talent... Et quelle probité... La toile portait une date : 1903. Ce peintre était devenu l'adroit ouvrier, Didier Segré !... « Est-ce possible que le même homme ait fait ça, et le portrait de la vieille lady Mackay ? » pensa Dominique. Comment ? Il serait intéressant de le savoir... d'imaginer ce qu'a dû être sa vie, son mariage, le roman avec Marie-Louise Wally, puis... Le besoin d'argent, sans doute, ou la drogue, on dit qu'il est morphinomane, ou les femmes, ou, simplement, l'affreuse habitude de vivre ?... Il se versa encore du whisky. Il avait bu trop d'alcool depuis la veille. Mais il ne se sentait pas ivre. Fatigué seulement. Fatigué de tout au monde, de lui-même principalement…

Il s'approcha d'une glace, regarda ses traits pâles et sans jeunesse, ses yeux perçants, son grand front, d'une fine et forte ossature.

« Je n'ai que ça de bien », pensa-t-il, considérant sans indulgence son corps maigre, ses épaules voûtées, étroites, son long visage aux sourcils blonds, à peine visibles, à la bouche presque féminine, marquée d'un faible pli sarcastique au coin de ses lèvres. Il s'étonna sincèrement :

« Qu'est-ce qui lui plaît en moi, à cette jolie fille ? Et moi ? qu'est-ce que je cherche en elle ? Nous ne possédons pas un désir en commun. Comme toutes les femmes, ce qu'elle souhaite, c'est d'être prise et gardée. C'est le mariage qu'elle recherche, la stabilité, la durée, l'emprisonnement, et moi… la liberté intérieure, sans doute… »

Il imagina Solange et lui-même mariés. Une belle maison, ornée, meublée avec un goût parfait. Ils avaient tous les deux le sens du décor. « Et puis… Que se passerait-il pendant ces longues années, jusqu'à ma mort ou la sienne ?… »

Mais peut-être était-il trop libre ? Peut-être l'homme avait-il besoin d'être enrégimenté, esclave ? Peut-être, cette soif de se sentir libre, à la dérive, venait-elle simplement des années d'adolescence, inoubliables, comme elles le sont pour tout être humain ?… Orphelin presque dès sa naissance, riche mais enfermé dans les collèges les plus sombres, sentant autour de lui l'envie, la convoitise des parents chargés de gérer sa fortune, voyant à chaque indisposition s'éclairer le visage de ses tuteurs…

Enfant, adolescent, il avait bravement tenté de trouver là des éléments de comique. Maintenant seulement il se permettait de regarder en face le tragique, la solitude, le dénuement de ce passé. « Peut-être un jour reconnaîtrai-je que Solange a été ma seule chance de bonheur ? Peut-être, pour moi, une autre femme, inconnue ou que je ne sais pas voir, contient-elle cette chance de bonheur, offerte une fois à tout homme ? Il est terrible de passer auprès d'elle, de la laisser s'enfuir. Ah ! comme je redoute le mariage ! Je désire rester libre pour accueillir l'aventure possible et l'amour possible. »

Il allait et venait, touchant tantôt un cadre, tantôt une lampe sur la table.

« Il faudrait, pensa-t-il, apprendre à ne donner son cœur qu'aux objets. »

Son père lui avait légué d'admirables collections dont il ne jouissait pas, car elles étaient enfermées dans un garde-meuble. Après sa majorité, ses comptes de tutelle, tout le fatras des paperasses, il avait à peine eu le temps de souffler, de voyager quelques années, et la guerre avait éclaté ! « Si je me mariais, je pourrais les reprendre. Une femme est-elle jalouse des objets ? Si elle avait un peu de discernement… elle devrait l'être… Oh ! ne donner son cœur qu'à de précieuses tasses de Nankin, par exemple. Hélas ! le cœur est raisonnable, contrairement à ce que l'on croit… Le cœur se satisfait de peu… Mais le corps exigeant, le corps jaloux ?… »

Il entendait les paroles et les rires dans la chambre voisine. Il s'appuyait contre le mur, fermait les yeux, s'interdisait de penser à Solange. Mais il cherchait et reconnaissait le son de sa voix entre toutes ces jeunes voix brillantes et le bruit de ses pas lui faisait battre le cœur.

Il ouvrit la porte et lui fit signe :

« Venez ! Nous partons ! »

Sans un mot, elle obéit. Ils finirent la nuit au Château de Madrid.

Il la tenait dans ses bras. Il dit tout à coup :

« Tu deviendras une femme… Quel dommage !

— Je suis femme pour souffrir », murmura-t-elle, tandis qu'il imaginait avec cette extrême netteté de ses songes qui faisait à la fois son tourment et ses plus chères délices, Solange mariée, Solange mère… sûre d'elle-même… belle encore certes, plus belle peut-être qu'à vingt ans, mais sans mystère désormais, sans surprise. Il n'y aurait plus en elle de ces volte-face déconcertantes de la joie à la tristesse, de la passion à la froideur, de la fidélité absolue à la trahison la plus étrange, la plus inexplicable. Ici, il se souvint de Gilbert Carmontel et de ce qu'elle lui avait avoué… Pourquoi, pourquoi avait-elle fait ça ?… Mais il savait bien que la source obscure de son désir prenait naissance dans ces contradictions, ces mouvements du cœur et des sens ignorés d'elle-même… Oui, elle deviendrait une femme, un être achevé. S'il l'épousait, qu'éprouverait-il alors ? Un sentiment de paix, de plénitude, ou, au contraire, de la satiété ? Comment se faisait le passage de l'amour à l'amitié dans l'union conjugale ? Quand cessait-on de se déchirer pour se vouloir enfin du bien l'un à l'autre ?

Cependant ils devaient se séparer. Elle le savait. Elle tremblait de le perdre. Sa maîtresse, sa femme, elle serait ce qu'il désirait qu'elle fût. Cette folle dévotion qu'elle ressentait pour lui, cela seul importait. Il la traitait cruellement parfois. Elle aimait cette cruauté même. Par moments, elle croyait le haïr, mais de cette haine même son plaisir se nourrissait.

5

Le printemps finissait. L'année la plus heureuse
de sa vie allait finir pour Marianne. Déjà, certaines
heures étaient insensiblement moins suaves, comme
une tendre et joyeuse musique qui, peu à peu, vous
attriste et vous lasse. Certains jours, maintenant, s'infil-
traient d'ombre. Les moments de joie pure étaient
dépassés. On atteignait cet instant où le bonheur et
la tristesse forment un trouble confluent et désormais
seront aussi étroitement mêlés l'un à l'autre que deux
fleuves qui ont confondu leurs cours. Mais que la vie
était encore belle ! Comme Marianne aimait les nuits
de bal et, mieux encore, les retours au petit matin !
On sortait d'une maison brillante et chaude ; dehors,
il pleuvait, le jour se levait à peine. La rue était triste,
sombre, sordide. Une vieille affiche déchirée s'en allait
en lambeaux au vent du matin : « Ils ont donné leur
vie. Donnez votre or. » Tout cela était vieux, oublié.
On avait cessé de danser, mais, en vous, le sang dansait encore. On s'appuyait au bras, sur la poitrine
des jeunes hommes qui vous accompagnaient. On ne
pouvait pas se séparer. Comme on s'aimait ! Comme
on se comprenait ! Sans ces réticences, ces surprises

qui altèrent les rapports des êtres dans l'âge mûr. Ce n'était pas l'amitié, mais un sentiment plus sensuel, plus tendre, si délicieux que la vie ne prenait tout son sens que lorsqu'on était ensemble ! Et les êtres paraissaient si simples, immuables. Un tel intelligent. Un tel sot. Un autre fidèle et aimant. Celle-ci coquette. Mais, fixés à jamais, ils ne bougeraient plus. Cependant, on se sentait, à l'aube, à la veille de toutes choses. Demain, tout serait meilleur encore ! Mais les journées passaient, la vie passait, et le meilleur ne venait pas. Ces lendemains sans cesse espérés, qui, sans cesse, on ne savait pourquoi, vous décevaient, voici enfin ce qui flétrissait la jeunesse. Et si vite ! Chaque matin, Marianne, en s'éveillant, pensait que le bonheur était enfin là, qu'elle allait le saisir, que ce ne serait plus seulement la joie, le plaisir d'un instant, mais autre chose… Quoi ? Elle ne savait pas. Elle attendait. Mais, tandis que tous les jours elle était plus amoureuse d'Antoine, lui paraissait à la fois épris et détaché d'elle, épris lorsqu'il était avec elle, l'oubliant dès qu'elle était loin.

Non qu'elle lui plût moins, mais il était à l'âge où trop de richesses sollicitent et l'esprit et le corps, où un excès de biens par moments vous accable. Il n'avait pas cessé sa liaison avec Nicole ; d'autres femmes encombraient sa vie. Peut-être n'avait-il aimé Marianne que pendant trente-six heures. Plus tard, ils appelèrent indifféremment « amour » les premiers temps de leurs relations et, en effet, le désir, une sorte d'attachement tendre existèrent longtemps, mais la véritable flambée d'amour était déjà passée ; elle avait duré depuis la nuit de Pâques jusqu'au matin où il était sorti de chez les Segré en songeant : « Demain, elle sera ma maîtresse » ou : « S'il faut l'épouser, elle sera ma femme. » L'amour n'est souvent que le souvenir d'un instant d'amour.

Nicole, qu'Antoine délaissait pour Marianne et, surtout, pour une Américaine assez belle qu'il courtisait, devenait triste et jalouse et, par un jeu singulier de réfraction, les scènes qu'elle lui faisait agissaient sur la conduite d'Antoine avec Marianne. La première fois où il fit venir Marianne chez lui, il s'était querellé la veille avec Nicole, qui fût morte plutôt que d'avouer sa jalousie, mais chacun de ses mots la criait. Elle finit par dire en éclatant en pleurs :

« Ah ! tu ne sais pas aimer ! »

Elle lui apparut vieillie, touchante ; il lui donna un baiser assez tendre, mais les femmes ne se contentent pas de demi-victoires. Elle fit l'enfant :

« Dites que vous m'aimez… Dites-le-moi enfin ! »

Il partit excédé.

Le lendemain, il téléphona à Marianne de venir chez lui. C'était la première fois. Jusqu'ici, ils s'étaient rencontrés hors de Paris, pour éviter d'être vus. Elle n'était pas encore sa maîtresse.

Elle vit enfin cet appartement de l'île Saint-Louis, que Solange connaissait déjà et qui lui inspirait une curiosité passionnée, comme tout ce qui le touchait.

Il habitait au dernier étage d'une grande et vieille maison ; le salon, à demi hall, à demi atelier, était plus long que large, avec une fenêtre à chaque bout, l'une placée au-dessus de la cheminée, à l'endroit où se trouvent ordinairement les glaces, l'autre lui faisait face, à demi masquée par un petit canapé rouge. Les murs étaient peints en vert pâle, ornés de masques nègres, et les meubles recouverts d'un velours ras, mat, gris, qui ressemblait à de la peau de Suède, à l'exception du canapé et de trois chaises bleues. La pièce était mal chauffée, traversée par les courants d'air. Marianne frissonna : rien ici ne lui paraissait aimable. Elle voulut garder son manteau, se plaignant du froid.

« Ah ! mais je ne peux vivre heureux que dans des maisons glacées, dit Antoine en pensant avec rancune aux salons surchauffés de son enfance.

— Est-ce possible ? Je déteste le froid. Quelle horreur, ces masques nègres, dit-elle.

— Ça, c'est une camelote importée par le premier propriétaire : l'appartement a été meublé et décoré par un Américain, constamment saoul, qui est mort du delirium tremens il y a un an. Dominique prétend que son esprit reviendrait nous tourmenter si nous nous permettions de déranger quoi que ce soit, que rien n'est plus vindicatif que l'esprit d'un homme saoul. Dominique couche dans l'ancienne chambre de l'Américain, impossible de rêver quelque chose de plus extravagant, mais il ne déplacerait pas un meuble pour un empire.

— Et vous vous plaisez ici ?

— Oui, j'adore cette maison », dit Antoine avec défi.

Depuis quelque temps leurs propos les plus simples prenaient un accent de revendication passionnée ; il l'interrogea sur le même ton.

« Est-ce que vous allez garder longtemps ce manteau ?

— Il vous gêne ?

— C'est un espoir ? Pas du tout !

— Donnez-moi à boire.

— Je n'ai que du whisky. C'est trop fort pour vous.

— Pensez-vous… Je sais boire, vous savez…

— Vous savez trop de choses », murmura-t-il.

Il lui indiqua l'armoire où se trouvait le flacon d'alcool ; elle en but un peu, mais, bientôt, le laissa et revint auprès d'Antoine. Couché sur le canapé, les bras croisés sur sa poitrine, il la regardait en silence. Il dit enfin :

« Viens ici… »

Elle obéit ; elle s'étendit près de lui. Ses mains étaient glacées. Il l'attira contre lui, la maintint serrée contre son flanc, les yeux fermés, sans un mot.

Ce fut moins elle qui parla qu'un soupir involontairement exhalé d'elle, une plainte anxieuse qu'elle ne put maîtriser ni se pardonner plus tard d'avoir laissé échapper :

« Est-ce que vous m'aimez ? »

Il ne répondit pas. Il pensait : « Qu'est-ce qui me plaît en elle ? Elle n'est pas même jolie. Ou, du moins, elle ne le sera pas longtemps, et elle est une petite garce, comme toutes. Est-elle intelligente ? Comment savoir à vingt ans, avec ce bagout identique pour toutes et qui leur tient lieu de culture ? Elle a des attaches fines, c'est indéniable, et une de ces voix vives et douces qui ne sont pas encore posées, voix d'enfant dans le rire et dans les notes aiguës, voix de femme à d'autres moments… » songea-t-il en se penchant sur elle, et d'une caresse il lui arracha un cri confus, un balbutiement passionné qu'il écoutait monter, attentif, ému, souriant : « Oui, la voilà, la voix de la femme qu'elle sera, voix basse et douce comme je les aime. Voici une fille que j'ai adorée quelques heures, qui sera – si je veux – ma maîtresse dans quinze minutes, mais l'aimer ? Puis-je dire, sans mentir, que je l'aime ? »

« Mais non, je ne vous aime pas », dit-il tout bas.

Et, se souvenant de Nicole :

« Je ne sais pas aimer. »

Par moments, et malgré qu'elle lui cédât avec tant de facilité, peut-être à cause de cette facilité même, il éprouvait le besoin de lui faire mal, pour la marquer d'un souvenir que, du moins, elle n'oublierait pas. « Car pour le reste… je viens trop tard sans doute… même si elle dit vrai… si elle n'a pas encore eu d'amant… »

Il demanda :

« Tu es déjà allée chez des garçons, ainsi ?

— Oui », fit-elle, poussée par le désir de le blesser à son tour, par sûr instinct de femme qui décèle le point vulnérable d'une âme (et, pour lui, c'était une jalousie dont il n'avait jamais encore eu conscience), par innocence de jeune fille qui ignore la force secrète de certaines images, et, enfin, parce que c'était vrai.

Il s'écarta d'elle, prit le verre de whisky qu'elle avait laissé, le remplit à son tour et but d'un trait.

Il s'assit par terre, à ses pieds, et, tout à coup, mit sa main sur l'étroite ceinture de daim blanc qui marquait la taille de la jeune fille :

« Défais-la… »

Aussitôt, elle obéit. Il la regarda fixement, retira la ceinture, l'enroula autour de son poignet, puis, en souriant, la lui donna :

« Non, décidément non… »

Il la resserra lui-même, tirant la robe pour qu'elle ne fît pas de plis, puis agrafa la boucle de métal.

« Je voudrais la faire pleurer, songeait-il : si elle pleure… »

Mais elle ne pleurait pas (pas encore). Elle le regardait avec défi :

« C'est un geste symbolique, n'est-ce pas ?

— Ma foi, oui. Je décide de me contenter des jolis riens que vous voulez bien m'offrir… »

Elle se leva, se recoiffa, arrangea son petit col de linon, se repoudra ; il la regardait en silence. Elle dit :

« Alors, comme par le passé, à demi amants, à demi camarades ?

— Oui. Jusqu'à nouvel ordre. »

Elle voulut répondre par une insolence, mais il lui serra doucement le bras, en souriant, et domptée, retenant ses pleurs, elle se tut. Un peu plus tard, elle se répandit en moqueries sur l'appartement, les meubles, les tableaux. Au moment de partir, elle alla au portrait de Nicole qu'elle avait vu dès le premier instant sur la table, près du canapé où ils s'étaient étendus, et qu'elle n'avait pas encore osé regarder ouvertement.

« Qui est-ce ?

— Ça ? Ma maîtresse.

— Elle me plaît beaucoup, dit-elle par bravade. Je voudrais la connaître.

— C'est facile. »

Tous deux souriaient, mais leurs yeux gardaient une expression dure et défiante. Chez les êtres jeunes, le désir prend un masque de jeu d'abord, de bataille ensuite. Le mépris, la cruauté, la souffrance étaient leurs plus secrètes délices, mais ils en avaient à peine conscience. Ils ne connaissaient pas la tendresse, ne voulaient pas la connaître : ils la jugeaient indigne d'eux ; ils trouvaient plaisir à se déchirer. Leurs cœurs étaient neufs ; les blessures se refermaient facilement. Il promit de lui faire connaître Nicole. Quelques instants plus tard elle partit.

6

Nicole avait invité chez elle des jeunes gens et des jeunes filles et, parmi elles, Marianne. Aller chez cette femme divorcée, presque une demi-mondaine, et le faire en cachette des parents, était un plaisir où entraient, à doses égales, pour Marianne et ses amies, la peur et un trouble attrait.

Quand tous furent partis, abandonnant Antoine et Nicole seuls sur la terrasse, Marianne revint doucement, se glissa par la porte qu'elle avait laissée entrouverte. Elle s'arrêta au seuil du vestibule, écoutant dans l'ombre les battements de l'horloge, moins rapides que ceux de son cœur. Puis, quand elle fut parvenue à se calmer, elle traversa le salon. Que dirait-elle si elle était surprise ? « Bah ! j'ai oublié mon poudrier… ou mon sac ! N'importe quoi ! » Pourtant, elle avançait avec des précautions infinies, retenant son souffle, posant à peine le pied sur les lames du parquet. Tout à coup, elle vit dans un miroir son image se dresser devant elle, et elle tressaillit, ne reconnaissant pas, au premier moment, ses traits pâles, contractés, ni ces yeux qui la regardaient, dilatés d'effroi.

Elle se glissa dans la pièce qui précédait la terrasse et aperçut Antoine et Nicole sur la natte où elle les avait laissés, tous deux isolés dans le cercle de clarté d'une lampe. Elle ne voyait de Nicole que l'écharpe de mousseline jetée sur sa robe et ses cheveux blonds. Elle entendit tinter la lourde bague d'or que Nicole portait au doigt, contre une tasse de porcelaine.

« Le café est froid, dit Nicole.

— Ce n'est rien. »

Antoine prit une cigarette et, avant qu'il eût prononcé un mot, déjà elle lui présentait la flamme du briquet et un cendrier. Il la remercia d'un sourire.

« Êtes-vous bien ? » demanda-t-elle.

Il poussa un léger soupir de bien-être :

« Si bien… »

Marianne eût souffert n'importe quelles paroles, n'importe quelles caresses, mais pas ceci, pas cette tendresse, cette intimité calme.

« C'est cela qui est horrible », songea-t-elle.

Ils parlaient maintenant, et elle entendait chaque mot. Aucun ne se rapportait à elle, ni à eux-mêmes d'ailleurs, en tant qu'amants. Les termes les plus usuels, les préoccupations les plus banales. Ils parlaient d'une robe que Nicole venait de commander, d'un concert qu'Antoine venait d'entendre. Ils semblaient… amis. Moins que cela… un homme et une femme qui avaient vécu plus que Marianne, connu plus de gens qu'elle, lu plus de livres, qui avaient, enfin, en commun, un bien dont elle ne pouvait prendre sa part : l'expérience.

Comme elle était loin d'Antoine, elle, Marianne ! Comme elle le connaissait peu ! Qu'elle avait peu de prise sur lui ! Jamais elle n'avait vu aussi clairement son ignorance, sa faiblesse. Serait-elle jamais l'amie d'Antoine comme celle-ci qu'elle craignait et haïssait de tout son cœur ?

Enfin, à propos d'un voyage que Nicole désirait faire, et qu'il lui reprochait de remettre d'année en année, Nicole dit :

« Je partirai quand vous m'aurez quittée. »

Il ne répondit rien. Elle se détourna de lui ; Marianne vit sur les traits de Nicole une expression qu'elle ne lui connaissait pas : grave, amère.

« Je sais que bientôt vous me quitterez…

— Quelle bêtise, murmura-t-il. Que pouvez-vous savoir ?

— On sait bien quand on doit mourir…

— Mais qu'est-ce que vous avez ce soir ?

— Rien », fit-elle après un silence.

Et elle changea de conversation, marquant bien, par un ton différent, qu'elle le faisait délibérément. Les quelques mots qu'ils avaient échangés, en prouvant à Marianne que Nicole souffrait comme elle, l'avaient apaisée. Mais voici que de nouveau, à deux pas d'elle, le cercle magique de douceur, de confiance, dont elle était exclue, se refermait. Antoine s'étira, ferma les yeux. Nicole, à mi-voix :

« Mais il va s'endormir… »

Elle parlait de lui, devant lui, comme d'un enfant, de son enfant. Jamais Marianne ne l'eût osé. Pour elle, Antoine était l'étranger, l'inconnu ; pour cette femme, un ami, presque un époux, presque un enfant.

Antoine s'endormait, ou faisait semblant de dormir. Marianne eut peur que, dans le silence, Nicole entendît l'imperceptible bruissement de sa robe contre les carreaux. Retenant sa respiration, chancelante, aveuglée par les larmes, elle sortit.

7

Juillet commençait, pâle et froid comme l'automne, avec de brèves éclaircies étouffantes. Un jour Antoine et Marianne se trouvèrent seuls, en voiture, hors de Paris. La veille, la Fête nationale avait été célébrée pour la première fois depuis l'Armistice. En quittant la ville de bonne heure, ils avaient vu encore, dans les rues, la foule qui s'écoulait lentement, fatiguée de crier.

Ils avaient déjeuné près de Rouen. Maintenant, dans chaque village, on dansait. Ils revenaient le long de la Seine. À chaque instant, l'auto était arrêtée, pressée par la multitude. Partout des bals en plein vent, des étalages drapés de bleu, de blanc et de rouge, des arceaux de feuillage et de drapeaux coupaient la route, et des couples dansaient jusque sur les berges du fleuve.

Ils s'arrêtèrent devant une terrasse pleine de buveurs, entourée de mâts qui portaient des oriflammes et des bouquets tricolores. Le gros vin coulait dans les verres. Un petit orchestre faisait danser le peuple. Antoine était en uniforme. On l'acclama. La voiture n'avançait plus, entravée dans sa marche par les couples enlacés.

Les jeunes gens descendirent, commandèrent du vin frais, des tartines et des fruits. Dans l'air embrumé de poussière retentissaient les coups de fusil, tirés dans les villages voisins comme pour une noce, et qui se répondaient d'une rive à l'autre de la Seine. Au bruit et à l'odeur de la poudre, la foule poussait de grands cris joyeux. Le soleil, enfin, avait percé les nuages et ruisselait avec une généreuse ardeur sur la terrasse sablée, les nappes blanches, la maison et le fleuve. Marianne reconnut l'hôtel où ils avaient passé la nuit de Pâques, au printemps dernier. Antoine était-il venu là à dessein, ou par hasard ? Il dit, en la regardant :

« C'est bien ça, n'est-ce pas ?

— Oui. »

Que tout était différent ! Que de bruit ! Quelle vive clarté ! Cette rivière, qui était demeurée dans son souvenir pâle et silencieuse, étincelait maintenant. Des barques la couvraient, chargées de femmes en robes de couleur. Les rires et les cris ne cessaient pas. Cette joie populaire était forte, grossière, mais grisante.

Il lui prit la main tout à coup :

« Vous voulez voir la chambre où nous avons passé la nuit de Pâques. »

Il ne demandait rien. Il affirmait.

Elle sourit :

« Comment le savez-vous ?

— Je sais », se contenta-t-il de répondre.

Il savait tout ce qu'elle taisait. Il écrasa lentement sa cigarette contre son verre à demi vide.

« Alors ? Nous dînons ici ?

— Bien.

— Et ?... ici ?...

— Bien », fit-elle encore, en pâlissant.

Elle avait peur. « Peur ? songea-t-elle. Ce n'est pas possible. Pourquoi ? Quelle bêtise… » Elle était à demi sa maîtresse. Mais en elle pleurait et tremblait une autre femme qu'elle-même, qui semblait connaître mieux qu'elle-même tout ce qui désormais l'attendait : joie ou douleur.

Il fit signe à Marianne de le suivre. Sur le seuil de la chambre, elle s'arrêta. Il la regarda presque durement :

« Viens, dit-il. Viens… »

Il ferma la porte à clé, tira les rideaux. Ils étaient de perse à ramage, doublés de reps rose. Le soleil les traversait, emplissait la chambre d'une ombre ardente.

Il se jeta sur le lit fermé. Elle se tenait debout devant lui. Nue, elle eut un mouvement pour cacher ce corps que, si souvent déjà, il avait embrassé : mais tout était différent… Un peu plus tard, elle sentit le bras d'Antoine lui serrer le cou, à peine d'abord, puis de plus en plus fort. Elle dit enfin, tout bas :

« Vous m'étouffez… »

Il ne paraissait pas entendre. Il ne desserrait pas son étreinte. Il fit tout à coup : « Oh ! » – le faible cri d'un dormeur qui s'éveille. Jamais elle n'avait vu un visage d'homme si près du sien. Elle sentait son souffle sur sa bouche. Elle cacha son visage sur la poitrine nue et dure, puis, tout à coup, le repoussa. Il retomba à son côté, les paupières baissées.

Ils avaient reposé quelque temps dans le plus profond silence, sans un baiser. Des fanfares guerrières traversaient l'air. Elle songeait que l'amour, pour elle, avait été une déception. Certaines caresses étaient meilleures… Il l'avait prise brutalement, presque avec rancune, comme s'il eût voulu la saccager, assouvir une mystérieuse vengeance, lui faire cruellement mal. Elle avait froid. Elle ne cessait pas de trembler. Elle prit à terre la courtepointe qu'il avait jetée, en couvrit son corps. Comme il la regardait... À quoi pensait-il ? Est-ce qu'il cherchait les flancs lourds, les jambes de marbre de Nicole ?... Est-ce qu'il était déçu ? Que fallait-il lui dire ? Pourquoi se taisait-il ? Est-ce que tout était fini, ou, au contraire, commençait seulement ? – elle ne savait quoi... l'avenir ?... bonheur ou malheur...

Elle regarda cette chambre, qu'elle n'avait jamais oubliée, le petit canapé à fleurs, le lit sur lequel elles avaient jeté leurs manteaux, Solange et elle, cette nuit-là... Peu à peu, le soleil, à travers les rideaux, pâlit. On entendait le bruit des autos qui partaient. L'orchestre se tut. Il allait recommencer à sévir plus tard... Antoine se rhabilla, ouvrit la fenêtre. Presque tous les buveurs étaient descendus sur les berges du fleuve. La terrasse, tout d'un coup, était vide.

« Restez ainsi, dit-il impérieusement, en regardant Marianne. Fermez les yeux. Dormez. »

Elle obéit, et s'endormit aussitôt. Elle ne se réveilla qu'au bruit du plateau que la bonne apportait. Elle dit :

« Je meurs de faim...

— Moi aussi... »

Le dîner était excellent. Ils dévorèrent. Maintenant, ils parlaient sans arrêt, un peu gris, et ils tentaient d'étouffer avec des rires et des mots une peine imprécise au fond de leurs cœurs.

« Vous rappelez-vous cette nuit, Dominique et Solange ?... »

Marianne compta sur ses doigts :

« Quatre mois à peine. Le temps va follement vite en ce moment. Oh ! écoutez, qu'est-ce que c'est ? Le feu d'artifice. »

Mais ils ne bougeaient pas. Ils étaient revenus s'étendre sur le lit. Déjà la nuit. Ils entendaient le bruit des fusées, les cris de la foule. Ils avaient éteint les lampes pour éloigner les moustiques qui sifflaient encore au-dessus de leurs têtes. La lueur d'une chandelle romaine éclaira le plafond et Marianne vit l'ombre de leurs corps enlacés paraître un instant et s'effacer.

Au milieu de la nuit, ils se relevèrent et, accoudés à la fenêtre, contemplèrent le bal qui recommençait. Des lampions étaient allumés dans les arbres. Par moments, une lanterne de papier s'enflammait. Une petite flamme jaillissait, rongeait en un instant le papier tricolore et s'éteignait. On ne voyait sur la terrasse, débarrassée de ses tables, tout entière livrée aux danseurs, et, plus bas, sur les rives de la Seine, que la foule qui piétinait en mesure. Les musiciens soufflaient dans leurs cuivres. Les tambours battaient. Les voix reprenaient en chœur :

> *Madelon, verse-nous à boire !*
> *Et surtout, n'y mets pas d'eau !*
> *C'est pour fêter la victoire,*
> *Joffre, Foch et Clemenceau !*

Les fusées éclairaient la rivière. Puis, dans l'intervalle des danses, une fanfare de chasse, jouée très loin, Dieu sait pourquoi, leur parvint, portée par le vent. Mais, tout à coup, un souffle froid passa. Brusque et lourde, la pluie se mit à tomber. On dansa encore quelque temps, puis l'orchestre et les danseurs durent fuir. Le petit hôtel résonna tout entier de musique et de cris. Mais dehors, les lampions achevaient de se consumer et la pluie mouillait les banderoles et les drapeaux sur la terrasse. Le brouillard s'éleva. Déjà, des feuilles mortes à terre… Les jeunes gens partirent.

Paris, pavoisé, était vide et sombre sous l'averse.

8

En août, le départ de Marianne pour la Savoie, avec les siens, avait séparé les jeunes gens.

Le chalet des Segré était bâti dans la haute montagne, au bord d'un lac absolument rond, tranquille et glacé, encastré comme une petite lune brillante dans un paysage de pierres bouleversées et de rocs éboulés. Le père et la mère de Marianne avaient vécu dans cette maison au commencement de leur mariage, quand le peintre sans fortune, Didier Segré, ayant séduit la riche héritière des Wally, le couple avait cherché pour y vivre le lieu le plus solitaire. Ici, Régine était née.

Marianne n'avait jamais songé à imaginer ce qu'avait pu être, dans la solitude et le silence, pendant le long hiver qu'ils avaient passé là, l'existence de ses parents, si désunis maintenant, et qui ne daignaient même pas cacher l'un à l'autre, ni aux enfants, ni au monde, leur mode de vie : lui, le second ménage qu'il entretenait ; elle, ses aventures : nous ne sommes intéressés par les passions de nos pères que lorsqu'ils sont morts, et ces passions mortes avec eux. Elles prennent alors une valeur de mystère qui nous irrite, mais tant que les cœurs qui les ont contenues battent encore, nous passons auprès d'elles avec indifférence.

Marianne chérissait cette maison. L'atmosphère particulière aux Segré, ardente, cynique, un peu folle, s'y respirait mieux que partout ailleurs. Chaque chambre contenait des hôtes jeunes et joyeux. D'autres campaient dans le pré. Il n'y avait pas de jardin : seule une grande étendue d'herbes et de fleurs sauvages se confondait avec la montagne. On organisait des pique-niques, des cavalcades au clair de la lune. On dansait sur les bords du petit lac. Selon la tradition des Segré, chacune des sœurs pouvait disposer à son gré d'une chambre pour y loger qui elle voulait. Cet été, Marianne avait invité Antoine. Elle n'avait pas obtenu de lui une promesse. Elle s'était contentée de projets imprécis. Mais elle prenait cette indécision pour de la coquetterie (elle avait appris à connaître la coquetterie masculine, plus perfide et dangereuse que celle des femmes). Il viendrait. Il devait venir. Comme elle l'attendait !... Mais voici qu'après le départ de la jeune fille, il n'eut pas envie de la rejoindre. Nicole allait à Torquay. Il la suivit. Il écrivit à Marianne lorsqu'il fut arrivé en Angleterre. Elle reçut sa lettre un soir, au moment où elle se préparait à monter à cheval pour une promenade dans la montagne. La lune se levait. Ils étaient tous dehors, groupés sur le perron, n'attendant que Régine qui avait passé la journée en ville et devait apporter le courrier. Ils avaient cru reconnaître les feux de sa petite voiture dans la vallée. C'était elle : elle avait pris la route du lac. Avec un sentiment d'appréhension ou d'espoir, tous la regardaient approcher : chacun des jeunes gens invités par les Segré attendait une lettre ce soir ; le jeune Anglais, lord Sendham, qui faisait la cour à Régine, une réponse de sa mère, donnant ou refusant son autorisation au mariage projeté entre lui et Régine ; d'autres, de l'argent ; d'autres encore des nouvelles d'une maîtresse restée à Paris. Seule la mère de Marianne n'attendait rien. Debout sur le seuil de la maison, en robe de toile blanche qui lui élargissait la poitrine et les hanches, pieds nus, le visage ardent, hâlé, sans fard, un foulard de soie jaune noué sur ses cheveux noirs, elle fumait tranquillement, et ses grands yeux pers, étincelants, amusés, contemplaient les jeunes gens avec une expression de mépris affectueux, d'ironie lucide, de profonde sagesse. Seule, elle ne craignait ni ne souhaitait plus rien. C'était cela sa force, le secret de sa vitalité, de sa beauté robuste, presque paysanne, restée intacte à plus de cinquante ans. Ce sourire, ce regard perçant firent rougir Marianne. Elle cacha la lettre qu'elle venait de recevoir des mains de Régine, frappa du pied et dit à sa mère :

« Maman, c'est intolérable !… Vous nous regardez comme une portée de petits chats ! »

Sa mère, en riant, s'éloigna. Les autres entouraient Régine. Marianne était seule. Elle mit une cigarette dans sa bouche et, à la flamme du briquet, lut les quelques lignes. Il regrettait tant de ne pouvoir venir cette fois-ci. Il avait été forcé de partir pour Londres. Il la reverrait à Paris. Pas un mot tendre. Pour finir : « … Pensez-vous à moi ? Je crains que non. Sans doute, sommes-nous vite oubliés… Amitiés à vos sœurs. Je vous baise les mains. »

Elle tenta de tirer une bouffée de sa cigarette, s'aperçut enfin qu'elle ne l'avait pas allumée, la déchiqueta avec ses dents et la jeta à terre. Elle appela un jeune homme qui passait :

« Cigarette ? La mienne est déchirée. »

Il l'alluma pour elle, se penchant sur ses cheveux, l'embrassant. Elle riait. Ses éclats de rire, bas, étouffés, ressemblaient à des plaintes. Mais mieux valait rire que pleurer !...

« Tu viens, Marianne ? cria une de ses sœurs.

— Non, dit-elle. Partez sans moi. »

Elle monta dans sa chambre, ôta ses vêtements, prit le petit peignoir léger de percale blanche qu'elle aimait, voulut se mettre au lit et aussitôt se releva : elle étouffait. Elle s'assit sur le bord de la fenêtre. Des parcelles de mica, dans les rocs et sur le chemin, étincelaient d'un sourd feu bleu. Elle ne viendrait pas ici avec Antoine ! Ils ne se coucheraient pas au pied du pommier sauvage !... Le lac miroitait ; il palpitait, semblait respirer comme un être vivant endormi. Elle cacha son visage dans ses mains. Elle tentait de se consoler avec les pensées les plus cyniques, les plus impures :

« Il faut bien qu'il y ait un premier !... Ce n'est qu'un épisode ! Mon Dieu ! qu'est-ce que j'attendais d'autre ? »

« Il ne m'a pas promis le mariage, n'est-ce pas ? » dit-elle tout haut.

« Autrefois, quand on prenait une jeune fille pour maîtresse, du moins la crainte de lui avoir fait un enfant empêchait d'être trop mufle, songeait-elle. Maintenant, il n'y a même plus cela. » Elle se rappela le sourire d'Antoine :

« Vous savez trop de choses...

— Je ne veux pas pleurer, fit-elle en mordant ses lèvres jusqu'au sang : je ne pleurerai pas. C'est fini maintenant. Ça va finir. Il faut bien passer par là. C'est le premier amour. Toujours, le premier amour est un échec. »

Elle sauta doucement à terre, mit en ordre les vêtements, puis fit sa toilette, jetant exprès de l'eau sur le plancher, pour ennuyer Odile qui partageait sa chambre.

Mais, tout à coup, elle revint lentement vers la fenêtre, appuya son front contre le bois plein du volet, froid, mouillé de rosée.

« Qu'est-ce que je vais devenir maintenant ? » murmura-t-elle.

Les jeunes gens rentraient. Il était tard. Quelques instants après, la maison fut pleine de monde. On allait l'appeler, la chercher ? Mais non, ils avaient pitié d'elle... ou elle était oubliée... Elle vit Odile qui, de son pas glissant, sans bruit, courait le long de la terrasse, disparaissait sous les sapins et traversait maintenant le pré. À la barrière quelqu'un l'attendait. Régine avec Sendham descendaient le perron. Sous le pommier sauvage, elle reconnaissait la robe blanche d'Évelyne... Toutes ces filles heureuses se souciaient bien d'elle !

Elle ferma les volets pour ne plus les entendre, ne plus voir le clair de lune ! Mais il pénétrait encore à travers l'ouverture, découpée en forme de cœur dans les persiennes. Et comment échapper à l'odeur de la montagne, la faible et pure haleine de la neige sur les hauteurs, à toute cette inutile beauté ! Déjà, dans la maison, le piano et le violon résonnaient. Ils se cher-

chaient, s'appelaient, se répondaient, dans une pour-
suite vaine et passionnée.

Elle se jeta sur son lit. Ah! pourquoi avait-elle cédé
si vite? Pourquoi? Elle songea tout à coup qu'elle
comprenait la parabole des vierges sages et des vierges
folles, « qui ont gaspillé l'huile précieuse avant la venue
de l'époux ».

« Qu'est-ce que j'ai fait? » dit-elle avec désespoir.

Elle s'était étonnée, parfois, naïvement, de voir
que son corps n'avait pas changé depuis qu'elle était
femme, mais, bien plus profondément, plus gravement
que son corps, son âme avait changé et mûri.

« Au moins, j'ai eu du plaisir », murmura-t-elle avec
défi, et, cachant son visage dans l'oreiller, elle laissa
couler ses larmes.

9

En automne, quand Antoine fut de retour, Marianne et lui, parfois, se rencontrèrent. De certains de ces rendez-vous, où Nicole était en tiers, Marianne gardait la sensation d'une souillure ineffaçable ; leurs rencontres étaient uniquement subordonnées aux désirs d'Antoine, à ses brefs retours de flamme, à ses caprices. Marianne attendait. Elle attendait un coup de téléphone, une lettre, un appel, puis, quand il venait, elle attendait l'instant où il dirait :

« Quand vous reverrai-je maintenant ? »

Il ne le disait jamais qu'à la toute dernière minute ; elle avait repoudré son visage, peint ses lèvres, arrangé son chapeau devant le miroir ; son cœur semblait s'arrêter de battre ; elle enfonçait ses ongles dans ses mains glacées (et lui, sans doute, jouissait de l'avoir à sa merci…). Parfois, elle était déjà sur le seuil. Elle lui disait adieu. Il lui baisait la main et la laissait partir. Elle s'en allait. C'était fini. Il ne voulait plus la revoir, et elle… Oh ! mourir avant de demander :

« Quand ? Où ? Demain ? »

Mille fois mourir ! Mais ne pas déchoir à ses yeux, ne pas se montrer inférieure à lui en dignité, en froideur, en calme raison. Leur liaison devenait une sorte de lutte sourde, entre deux ennemis qui aspiraient à se montrer de forces égales, mais elle était toujours la plus faible. Elle songeait encore : « Je ne dirai rien. Si c'est fini, eh bien ! qu'importe ?... Un autre ! »

Mais déjà elle revenait vers lui et ses lèvres froides murmuraient peureusement, honteusement :

« Demain ? Non ? Quand ? »

Elle le haïssait alors. Comme il paraissait sûr de lui, redoutable ! Elle n'était pas assez femme encore pour aimer son asservissement. Que l'homme est indéchiffrable pour une fille de vingt ans ! Elle ne comprenait ni son humeur, ni ses goûts, ni ses pensées. De toutes parts elle se heurtait à un inconnu, d'autant plus impénétrable qu'elle s'interdisait toute question et toute plainte. Avant tout : ne pas céder. « Sauver la face. » S'il paraissait sombre, soucieux, ne pas demander : « Qu'avez-vous ? Pourquoi êtes-vous triste ? » Jamais ! Ce n'était pas son affaire. Il ne le dirait pas explicitement, mais il le ferait sentir par une inflexion de voix, par un sourire, par un mouvement d'agacement :

« Mais rien, chérie, je n'ai rien. Je ne pense à rien. »

Avec elle, il défendait jalousement chacune de ses pensées. Elle n'était même pas son amie. Et toute une partie de sa vie lui demeurait fermée, tout ce qui n'était pas du domaine des sens, des corps. Il l'embrassait, il lui faisait bien l'amour. Mais à quoi pensait-il ? Où allait-il quand il la quittait ? Il parlait à Nicole comme à une amie (elle se souvenait de leur entretien surpris un jour, en juin dernier), mais à elle ? Jamais ! Des caresses ou le silence.

Antoine pensait :

« Elle est reposante. Elle sait se taire. »

C'était la meilleure qualité, à ses yeux, pour une femme, et il avait dressé Nicole à cette soumission, à ces gestes rares, à cette voix douce que Marianne enviait. Mais Marianne ne le savait pas. Il lui semblait que, dans la connaissance de cet homme, elle avançait à peine comme une aveugle. Comment reconnaître à travers les caprices d'Antoine, son libertinage, sa cruelle coquetterie, ce qui était passager, un apport du monde extérieur, la fantaisie d'un moment, un rêve, et ce qui était lui ?

Mais ne rien demander ! Ne rien implorer !

« *Infra dig* », songeait-elle en serrant les dents, en renfermant sauvagement au fond d'elle-même ces paroles qui voulaient s'échapper en torrent furieux.

« Est-ce que tu m'aimes ? Est-ce que tu me garderas ? Est-ce que tu m'épouseras ? Est-ce que tu me préfères à Nicole, à toute autre ? Es-tu à moi ? As-tu pitié de moi ? Pourquoi souris-tu ? Pourquoi détournes-tu les yeux ? Pourquoi ? À quoi penses-tu ? Où es-tu en ce moment ? Qu'y a-t-il, en moi, qui te déplaît ? Pourquoi ? Pourquoi ? Pourquoi ? »

Mais non ! « *Infra dig.* » Le sens de l'honneur qu'une fille ne met plus dans le don physique d'elle-même, elle le transfère dans le don moral.

« Il n'est pas venu au rendez-vous ! Il n'a pas téléphoné ! Je ne l'appellerai pas. Je ne téléphonerai pas. Je ne l'embrasserai pas la première. Je répondrai par de petites phrases légères, cruelles, lorsqu'il me parlera. J'essaierai de lui faire mal comme il me fait mal. »

Si libre, elle n'avait jamais assez de liberté ! Une femme comme Nicole pouvait passer la nuit avec son amant, ne pas s'inquiéter de l'heure, partir où et quand il lui plaisait. Elle était une jeune fille ; elle avait une maison, des parents, si peu gênants, mais qui demandaient une ombre de décence, avec qui il fallait compter. Ses sœurs elles-mêmes l'importunaient.

Elle se sentait loin d'elles. Elle n'aimait plus personne au monde. À peine aimait-elle Antoine, par moments : c'était un sentiment plus dur, plus douloureux que l'amour. Elle souffrait. Elle n'avait conscience que de son mal.

Enfin, Nicole partit pour l'Italie, mais, absente, elle était redoutable également. Chaque nuit, Marianne la voyait en rêve, mêlée à des images troubles et effrayantes. S'il arrivait à Antoine de vanter une ville italienne, un tableau qui se trouvait dans un musée d'Ombrie, de se plaindre du temps, Marianne se désespérait. Il partirait un jour pour rejoindre Nicole. Il ne dirait rien. Un soir, il la quitterait comme à l'ordinaire et, déjà, il saurait qu'il partait le lendemain ; la voiture serait prête. Elle téléphonerait et Martin, le domestique, dirait, en voilant sa voix de cette petite toux discrète qu'elle ne pouvait entendre sans un frisson de détresse (car Antoine, quand il était chez lui, répondait toujours lui-même au téléphone) :

« M. Carmontel est parti, mademoiselle. J'ignore l'adresse. Je ne sais pas quand il reviendra. »

Antoine aimait les voyages, les brusques départs, les dépaysements. Qu'il était faible, le lien qui les unissait ! Elle n'avait aucune prise sur lui, et il était si léger, fuyant, insaisissable ! Si libre, mon Dieu ! « Maudite liberté de l'homme, songeait-elle, ma pire ennemie. » Le retenir, le garder, l'emprisonner ! L'épouser, enfin ! Cela seul lui donnerait la paix. S'endormir à ses côtés, sachant qu'il serait encore là, au matin. Le voir partir en voyage et être sûre qu'il reviendrait « à la maison », auprès d'elle... Ne plus surprendre ce regard rapide jeté sur la montre, ne plus entendre le mot d'excuse qui coupait comme au couteau ses joies brèves et empoisonnées :

« Oh ! chérie, pardonnez-moi... J'allais oublier un rendez-vous... »

Avoir le droit de lui demander :

« Mais où allez-vous ! Quand reviendrez-vous ? »

Volage, infidèle, qu'est-ce que cela pouvait faire s'il était là, constamment ? Il lui semblait qu'ainsi elle se délivrerait de l'amour qu'elle avait pour lui. Ne plus subir ses jugements abrupts et hautains... Dire sans crainte : « Mais, enfin, pourquoi ? Expliquez-moi... »

Dormir ensemble. Ah ! ne pas seulement coucher ensemble, mais dormir !

« Ce qui nous manque, c'est de vivre ensemble, songeait-elle ; rien, sans doute, aucune intimité phy-sique ne vaut le sommeil dans le même lit, nuit après nuit, et non pas une heure... »

Comme elle avait changé !... Au coin de sa bouche paraissait une marque à peine perceptible, dessinée, comme avec un trait d'ongle, et qui serait, un jour, la première ride. Cet instant où, tout à coup, on ne se sent plus assurée de rester éternellement jeune, cela ne ressemble pas à une pensée. Ce n'est même pas un ins-tinct. On ne redoute rien encore. On dirait qu'on se souvient. Dans la rue, quand elle passait, quand elle jetait autour d'elle ces regards triomphants, insolents, de l'extrême jeunesse, et qu'une femme vieillissante la croisait, elle lisait clairement sur ce triste visage :

« Toi aussi… toi aussi… un jour… »

Cela approchait. Cela allait venir, pour elle comme pour les autres. Elle comprenait enfin ce que signifiait : « Il m'a rendue femme… »

Oui, femme… Non seulement apte au plaisir, mais à la douleur. Mûrie, non seulement dans sa chair. Cela, ce n'était rien, mais dans son âme. Ce qu'il avait fait jaillir en elle, cette source mystérieuse, secrète, contenait à la fois et la joie et la peine. Elle avait cessé de se croire vouée au bonheur. Elle savait que toutes les blessures pouvaient l'atteindre, que toutes feraient flèche désormais.

10

Les sœurs de Marianne la voyaient changer et disaient qu'elle devenait sombre et brusque, mais personne ne se souciait réellement d'elle. Chacune des quatre avait sa vie à elle, qui seule comptait à ses yeux et la passionnait, avec ses multiples aventures, ses mensonges, ses échecs et ses rêves !

« À travers tout ce qu'elles disent, songeait Marianne, on n'entend qu'un seul cri : "Moi ! Moi !" »

La maison des Segré, cette année-là, était plus encore qu'à l'ordinaire pleine de bruit, de vie, de gaîté. Dès que les quatre sœurs étaient là, une joyeuse rumeur de fête – portes ouvertes et refermées, rires, musique, jeunes voix heureuses – naissait sous leurs pas. Régine, presque fiancée à lord Sendham, devait partir pour l'Angleterre. La veille de son départ, il avait déjeuné chez les Segré. Il était près de cinq heures ; il ne pouvait se décider à les quitter ; il suivait Régine comme son ombre. Segré était à la maison ce jour-là ; il était sorti de l'atelier, fatigué par le travail ou l'amour, car une femme le suivait. (Il avait toujours une femme sur ses talons.) Enfin, celle-ci le laissa et, pour fuir le bruit, il se réfugia dans le petit salon olive du deuxième étage.

Un air de valse, brillant et froid, joué par Régine, s'élevait des pièces du bas. Segré était mince, petit, les yeux vifs et clairs, le visage hâlé, avec une courte moustache noire taillée au coin des lèvres et de longues mains pâles qui tremblaient un peu. « Des mains de drogué », pensait Antoine lorsqu'il le voyait ; cela seul expliquait ce qu'il y avait d'incohérent en apparence dans sa vie. À la fois affable et distant, Segré demeurait impénétrable non seulement pour les étrangers, mais pour sa famille elle-même. Son pas était silencieux ; il ne se mêlait de rien, devinait tout. Ses filles l'appelaient Ariel ; il traversait sa maison comme un esprit visite son domaine, puis, à n'importe quelle heure du jour ou de la nuit, il disparaissait, comme s'il se fût dissous dans l'espace, et il ne restait de lui qu'une blague à tabac ou un pinceau oubliés sur une table.

Debout contre la fenêtre, dans l'ombre, il regardait la nuit de décembre, une nuit bleue de gel, pure et scintillante et, entre les arbres du Bois, venant on ne savait d'où, un feu rouge, immobile, sourd, brillant bas sur l'horizon. Il eût aimé peindre ces reflets, ce halo. « Mais je ne suis plus bon à rien. Je ne suis plus un peintre, mais un manœuvre », soupira-t-il. Toutes ces commandes, ces portraits de femmes à la douzaine, à la grosse, pour se procurer de l'argent, pour ne pas vivre uniquement sur la dot de sa femme, cela était... écœurant... Il se rappela comment, la veille, il avait entendu Odile dire à l'une de ses sœurs :

« Je ne comprends pas ce que Régine a pu trouver en Sendham... Un titre, c'est très gentil, mais il n'a pas le sou. Ce qu'il nous faut, mes enfants, ce sont des sous. Aucune de vous n'a jamais cherché à savoir comment nous vivons, non ? Eh bien ! le plus clair vient de l'héritage Wally. Quand il sera mangé, il restera les toiles de papa et, croyez-moi, ce n'est pas grand-chose. »

Segré sifflota mélancoliquement une variation sur l'air de valse qui montait des étages inférieurs. « Les toiles de papa… ce n'est pas grand-chose… » et il sourit à Marianne qui entrait :

« Eh bien ! mon enfant ?…

— Eh bien ! papa ?…

— Tu ne danses pas ?

— Non. Ça ne me dit rien ce soir…

— Je croyais t'avoir vue sortir…

— C'était Odile », dit Marianne.

Odile, tous les jours à la même heure, se glissait sans bruit hors de la maison. On ne savait pas qui elle allait rejoindre ; des quatre, Odile était la plus discrète. Segré murmura :

« Ah !… Odile, oui… »

Il soupira en haussant les épaules :

« Quatre grandes filles, Seigneur !… »

« Et moi, songeait-il, demain, cinquante ans, les cheveux blancs, des dettes, usé, fini, et quelque chose en moi qui espère encore, qui attend encore… Ah ! le malheur, c'est que nos enfants croient que nous sommes des adultes, mais, sur cent hommes, quatre-vingt-dix-neuf n'ont jamais grandi, mais sont des adolescents vieillis, des enfants aux cheveux blancs qui, tout à coup, meurent sans avoir vécu. Mais comment ces petites pourraient-elles le savoir ? »

Il flatta doucement de la main la joue de sa fille, l'extrémité d'une fine oreille :

« Alors, quoi ?… Tu ne vas pas jouer ?

— Jouer à quoi, papa ?

— N'importe quoi, n'importe quoi », fit-il en la repoussant avec cette gentillesse, cette grâce presque féminine qu'il avait prodiguées à ses filles comme à toutes les femmes qui l'entouraient.

« Des compliments, des caresses, de belles paroles, pensa Marianne, mais ni secours, ni enseignement, ni compréhension… L'épiderme sensible et le cœur sec. Cela va ensemble… »

« Va, ma petite fille, on t'appelle… »

Elle sortit en chantonnant, la tête haute, comme font les enfants qui veulent cacher leurs larmes. Cela la consolait d'entendre ce chant exhalé d'elle.

« Je n'ai besoin de personne, murmura-t-elle avec défi, en s'adressant à un interlocuteur invisible ; j'aime être seule… Mais je m'ennuie, voilà tout… Oh ! comme je m'ennuie… »

Tous les jours, depuis un mois, elle attendait Antoine dans un petit square voisin de leur maison. Tantôt, il venait la chercher en voiture, et ils partaient ensemble. (Cela, c'était le bonheur.) Tantôt, il arrivait au dernier moment, restait avec elle un quart d'heure et ils se séparaient. Le plus souvent, il ne venait pas. Oh ! assez ! Assez ! Il ne m'aime plus ! Alors, à quoi bon ? « Non, je n'irai pas ! songea-t-elle. Qu'il attende ! Qu'il s'inquiète ! C'est bien son tour ! Et s'il n'est pas venu aujourd'hui, du moins je ne le saurai pas ! »

Elle était montée dans l'ancienne salle d'études. Odile avait laissé ses affaires sur une chaise ; elle les prit et les jeta à terre.

« Il faut toujours qu'elle fasse du désordre, celle-là !… »

Un instant elle ressentit une véritable haine pour ses sœurs, sa famille, l'univers entier, par-dessus tout, pour Antoine! Elle regarda l'heure. Il l'attendait maintenant (peut-être...). « Qu'il attende!... » Elle commença à s'habiller; elle poudra son visage, mais, par-dessous la poudre, ses joues brûlaient; elle prit le bâton de rouge, s'approcha de la glace, dessina sa bouche. Malgré tout, elle se trouvait jolie, avec ses yeux sombres, ses cheveux indociles, l'éclat des dents entre ses lèvres peintes. Pourquoi, aux moments de désespoir, un aiguillon de volupté paraissait-il naître ainsi de la souffrance? Elle était malheureuse; elle pleurait, mais, en elle, quelque chose semblait dire : « Regarde. Écoute. Souviens-toi. Tu regretteras ton mal. Tu rechercheras en vain le goût des vieilles larmes... » Elle se tournait vivement au moindre bruit; chacun de ses mouvements était nerveux, saccadé, douloureux comme ces gestes rapides qui échappent aux fiévreux et dont ils ont à peine conscience. Elle s'habillait avec tant de hâte qu'elle déchira le col de sa blouse; elle voulut en prendre une autre, mais le petit meuble qui les contenait ne s'ouvrait pas. Il ne pouvait être fermé à clé : depuis longtemps Évelyne avait cassé la serrure; les tiroirs devaient s'ouvrir. Marianne les tira à elle l'un après l'autre, calmement d'abord, mais ils résistaient. À cet instant, elle entendit sonner six heures. Brusquement, elle perdit tout contrôle d'elle-même; elle ne pouvait pas sortir ainsi; ses robes se trouvaient dans la chambre voisine où Régine, en ce moment, disait adieu à Sendham; selon le sévère code fraternel, il était impossible de franchir ce seuil. Et le tiroir, coincé sans doute, ne s'ouvrait pas! Elle tremblait de

colère. Le temps passait. Il ne l'attendrait pas. Il partirait. Il ne reviendrait plus. Les seules minutes dignes
d'être vécues que le sort, parcimonieusement, lui
accordait s'évanouissaient, disparaissaient, coulaient
comme l'eau qui fuit entre les doigts. Elle se redressa,
regarda autour d'elle, saisit un coupe-papier d'acier,
le glissa dans la rainure du tiroir, mais il ne cédait pas.
Alors, prise d'une rage insensée, elle pesa si fortement
sur la lame que le tiroir vola en morceaux. Pêle-mêle,
les blouses de dentelles, les mouchoirs, les gants, les
lettres d'amour de Régine tombèrent à terre. Alors
seulement, elle s'arrêta ; son cœur battait avec violence ; elle demeurait debout au milieu de la chambre,
les cheveux défaits, son col arraché, un petit éclat de
bois l'avait blessée à la main ; elle essuya le sang avec
son mouchoir, regarda le désordre de la chambre ; elle
avait honte d'elle-même ; elle était près des larmes.
Mais, tout à coup, elle haussa les épaules avec une
expression ardente et dure, saisit une blouse, l'enfila
à la hâte ; ses mouvements étaient si brusques qu'elle
faillit faire craquer l'étoffe de nouveau et, son chapeau
à la main, son manteau sur le bras, sans gants, sans
songer à ses souliers d'intérieur en crêpe de Chine et
au froid du dehors, elle s'enfuit.

Le petit square était vide. Elle y entra en courant ;
elle poussa brusquement la grille basse, qui retomba
derrière elle avec fracas. Le square, à deux pas de la
maison, était formé d'une pelouse, d'une allée étroite
qui en faisait le tour, de quelques beaux arbres, de
trois ou quatre bancs ; en cette saison, il était désert.
Dans l'ombre, on ne voyait ni les rues, ni les hautes
maisons qui l'entouraient ; à peine une lumière de

loin en loin dans une fenêtre, et la lampe à arc, rose, à l'entrée du square. Elle voulut s'asseoir, mais les bancs étaient recouverts d'une bruine glacée. Il avait neigé ; quelques grains flottaient encore lentement dans l'air et retombaient d'un vol doux et oblique. Un grand arbre nu, mouillé, noir, maigre s'élevait au centre de la pelouse. Marianne le regarda avec amitié. Combien de fois elle l'avait vu depuis le commencement de l'automne !

Combien de fois il avait été le témoin de ses attentes vaines, de ses larmes ! Elle s'adossa à la grille un instant, releva le col de son manteau et attendit. Un peu de neige demeurait sur le haut des bancs, dans les ornières, et recouvrait la pelouse, scintillante et givrée, que traversait sans hâte un gros merle noir ; il cherchait des miettes jetées là par des enfants, ce matin, ou des graines bien cachées. Marianne posa la main sur la grille, mais dans sa paume nue et chaude le reste de la neige aussitôt fondit et disparut. Elle commença à marcher ; elle regardait la lumière rose à l'entrée du square, là où elle verrait, tout à coup, apparaître Antoine. Entourée d'un halo tremblant, elle brillait plus fort quand on la contemplait à travers des larmes. Marianne marchait sans s'arrêter ; elle ne pensait à rien ; par moments, elle ne souffrait même plus ; elle attendait. Voici que la neige fondait doucement ; la terre de l'allée, les bancs, les branches, tout était sombre, mouillé, se couvrait de pleurs ; seule la pelouse brillait encore faiblement sous le ciel noir. Quand viendrait-il ? Elle reconnaîtrait son pas ; elle l'entendrait venir à elle, se hâter, approcher. Mais le temps passait. Il ne venait pas. Elle tournait sans cesse autour de la pelouse, le front baissé, les dents serrées. Attendre encore… Attendre… Espérer… Tout à coup, elle songea :

« C'est fini. Il ne viendra pas. C'était cela que signifiait sa froideur ces jours derniers. Il veut finir. Il ne viendra pas. »

Mais elle continuait à l'attendre.

« Il ne viendra pas. Je n'ai que ce que je méritais. J'ai agi comme une fille. Il me traite comme une fille. Je lui ai offert du plaisir. Il a pris du plaisir. Je lui ai demandé du plaisir. Il m'a donné du plaisir, et rien d'autre. *Fair play*. Un homme, finalement, n'accorde que ce qui lui a été demandé. Jamais davantage… »

Elle pensa à Nicole et gémit tout haut. Que tout cela était amer, intolérable, vil…

Oh ! s'il pouvait venir encore ! une fois, une seule fois… la prendre dans ses bras, la caresser…

Elle s'arrêta. Combien de fois avait-elle fait le tour de cette pelouse ? Quelle heure était-il ? Elle chercha la montre dans son sac et ne la trouva pas ; elle eut une lueur d'espoir. Parfois, le temps paraît si long, et il coule si lentement… Peut-être allait-il venir encore ? Elle sortit du square, marcha jusqu'à une pharmacie voisine qui portait un cadran d'horloge au-dessus de sa porte. Les bocaux à sa devanture éclairaient la rue de deux feux sourds : l'un pourpre, l'autre bleu ; les seules lumières dans la rue déserte. Marianne regarda l'heure. Sept heures et demie. C'était fini. Elle ne le reverrait plus. Elle revint lentement vers le square. Encore un quart d'heure, cinq minutes, quelques instants… Ses mains étaient glacées ; elle les serrait doucement l'une contre l'autre, puis elle les crispa davantage, fit entrer la pointe de ses ongles dans sa chair, s'aperçut tout à coup qu'elle tordait ses doigts, et ce geste inconscient lui fit honte.

Elle s'était laissée tomber sur le premier banc à côté de la grille et maintenant elle ne sentait plus le froid ; elle était inerte, pétrifiée jusqu'au cœur. Une femme s'assit à côté d'elle, une petite-bourgeoise, vêtue d'un manteau noir, avec un col de fourrure râpée, qui la regarda avec pitié, comme si elle songeait : « Encore une… »

Marianne se leva, marcha encore, mais elle avançait avec peine ; ses jambes tremblaient. Tout à coup elle se rappela une phrase qu'Antoine avait entendue dans un bar et qu'il lui avait répétée en riant, une phrase prononcée par une vieille poule fardée :

« Tant qu'à faire, il vaut mieux épouser le premier… »

Un fou rire, mêlé de larmes, la saisit, la secoua et la laissa sans forces, livide et tremblante ; mais, quand ce fut passé, elle se sentit mieux. Elle s'approcha de la femme immobile sur le banc, demanda l'heure. Il était huit heures. Cette femme aussi attendait quelqu'un et, comme Marianne, en vain, car, en sortant du jardin, Marianne l'entendit se lever du banc et commencer à son tour une lente promenade autour de la pelouse.

Marianne entra dans le premier bureau de tabac sur son chemin et là, elle écrivit :

« Je vous ai attendu jusqu'à présent (huit heures). Je ne veux plus souffrir. Je ne veux plus vous revoir. Ne venez pas à la maison, je vous en prie… »

Elle signa et jeta le billet dans la boîte à lettres à côté de sa maison. Puis elle revint chez elle, se glissa par la porte qu'elle avait laissée entrouverte, alla se laver le visage et les mains et revint au salon. L'« épisode Antoine » était terminé.

11

L'hiver fut lent et dur pour Marianne. Elle n'avait pas revu Antoine. Elle avait enfin cessé d'espérer et, du même coup, son chagrin s'était fait plus tolérable ; il ne la quittait pas, mais il s'endormait, par moments, au fond d'elle. Elle ressentait une sorte d'hébétude de l'âme, cette résignation que l'on éprouve quand un malade condamné, après un long combat contre la mort, vient de s'éteindre et que l'on songe :

« Le pauvre... Comme il s'est débattu... Mais il a fini de souffrir. »

Avec le printemps, la série annuelle des réceptions, où on battait le rappel des commandes pour les toiles de Segré, recommença. Les pièces du bas, qui étaient réservées à Mme Segré, s'emplirent d'une rumeur odieuse aux oreilles des jeunes filles : tintement des cuillers contre les tasses, voix prudentes et lasses des vieux, leur petite toux, cet « a-hem » discret du souffle qui se ménage, le murmure des femmes. Le mois de juin était ardent et pur ; les jeunes filles échappaient à tour de rôle à la corvée et venaient se réfugier sur un banc, au jardin, cachées à tous les yeux par un buisson de lilas, tranquilles, car aucune femme ne se fût hasardée là, craignant pour son maquillage la cruelle lumière du jour.

Un dimanche, Marianne et Solange se trouvaient seules sur ce banc ; elles avaient emporté avec elles des amandes grillées et des glaces ; elles grignotaient les amandes, une à une, sans parler. C'était la fin de la journée ; les voitures partaient ; des arbres du Bois proche venait enfin un faible afflux de vent. Régine parut un instant sur le seuil. Se croyant seule, elle laissait paraître sur son visage cet air morne et froid d'ennui extrême et de lassitude que Marianne reconnaissait pour l'avoir vu souvent sur ses propres traits dans la glace. Sendham n'était pas revenu ; sa famille s'était opposée au mariage avec une fille qui n'était pas de sa classe. Sans doute verrait-on bientôt dans le *Tatler* son image avec celle d'une fraîche fille sportive en costume de tweed : *The Right Honourable So and So* va épouser lord Sendham.

« Elle n'a jamais recherché que le brillant mariage, c'est cela qu'elle regrette, dit Marianne à voix basse, mais il est si difficile de faire la part exacte des sentiments que je la plains…

— Crois-tu qu'elle ait été sa maîtresse ? » demanda Solange.

Sans hésiter, Marianne répondit :

« Non.

— Tu es sûre ?

— Sûre. Cela se voit dans les yeux, dans le sourire d'une fille.

— C'est vrai. Je ne comprends pas comment les parents ne s'aperçoivent de rien ; il est vrai qu'ils nous regardent si rarement… »

La mère de Solange, veuve de bonne heure, s'était remariée avec un homme plus jeune qu'elle et cela suffisait à occuper ses pensées.

« Nous serons redoutables pour nos enfants, dit Marianne avec un faible sourire ; je me demande ce qu'ils pourront nous cacher, les malheureux… Ce ne sera même plus drôle pour eux… il y a beaucoup de jouissance dans le mensonge. Solange, crois-tu que nous serons de bonnes mères ?

— Nous pourrions l'être, dit Solange, et même d'excellentes épouses… Une fille, comme une voiture, doit avoir été rodée…

— Crois-tu que les parents pensent seulement à nous ?

— Non. Je ne sais pas… Moi, quand j'étais petite, chaque fois que je voulais m'approcher de ma mère, elle me disait : "Que tu es mal coiffée, ma chérie…" ou : "Remets ton col en place… Ne frotte pas tes souliers l'un contre l'autre, et maintenant, je t'écoute…" Que veux-tu que l'on dise ensuite ? On est figé. On se trouve, sans cesse, devant un juge (et qui a tout pouvoir sur nous). Et plus tard ?… Ah ! plus tard… »

Elle mordit doucement ses doigts, renversa sa tête en arrière, regarda le ciel qui pâlissait insensiblement :

« Dis… Tu imagines cela ?… "Maman, Dominique Hériot se décide enfin à m'épouser." (Elle mimait l'expression du visage de sa mère, son air de faible intérêt, la réprobation tempérée par le rappel de la grande fortune de Dominique.) "Les Hériot, certainement… Beaucoup d'argent… Les collections célèbres du père, mais enfin, nous-mêmes… Solange est riche…" Elle dirait : "Ce n'est pas trop tôt… Tu t'es suffisamment affichée avec ce garçon... Eh bien ! mais c'est parfait... Je verrais volontiers le trousseau d'un rose très tendre, cela irait à ton teint de blonde..." Oui, mais là, il faudrait dire : "Maman, je couche avec Dominique depuis plus d'un an..." Eh bien ! dit Solange, après un moment de réflexion, je crois qu'elle survivrait à cela... Tout est passé, oublié... Effacé par le mariage... "Après tout, cette affreuse guerre a démoralisé la jeunesse... Ce n'est pas uniquement de leur faute, à ces enfants, etc." Mais ensuite : "Il y a encore un détail : j'ai également été la maîtresse de Gilbert Carmontel..." Ah ! cela... ce serait moins drôle. "Toi, ma fille !... Si ton père vivait !... Mais tu es dépravée, vicieuse !..." Tu te sens dépravée, toi, Marianne ?

— Non. Je ne cherche que le bonheur.

— Oui, n'est-ce pas ? Ce besoin désespéré de bonheur... Est-ce que tu crois qu'il s'affaiblit, qu'il disparaît plus tard ?

— Je ne sais pas. Je le souhaite. »

Solange dit plus bas :

« Donc, elle me dirait : "Tu es dépravée, une fille indigne, etc." Mais un conseil, une aide ? Ah ! cela, non. Ou alors elle me proposerait quelque chose d'infâme, que je ferai peut-être, que je ferai sûrement, mais qui, du moins, ne sera pas conseillé, dicté par elle !

— C'est donc ça ? murmura Marianne.

— Oui. Un enfant.

— De Gilbert, n'est-ce pas ? Il le sait ?

— Non, jamais il ne le saura. Tu sais, je suis convaincue qu'il l'a fait exprès, pour me forcer à être sa femme.

— Pourquoi as-tu été la maîtresse de Gilbert, malheureuse ?

— Pourquoi ? Depuis un an, Dominique ne peut se décider à m'épouser. Sa maîtresse, oui, son passe-temps, oui, mais pas sa femme. Il ne pense qu'à lui-même, si le mariage sera, oui ou non, un bonheur pour lui, un enrichissement pour lui, une quiétude morale pour lui, que sais-je ? De moi, il n'est jamais question. Un jour, je me suis dit que, peut-être, un amour chassant l'autre, un garçon comme Gilbert me ferait oublier Dominique. C'est ainsi que tout a commencé. Maintenant, un caprice s'empare de Dominique : il désire le mariage, une vie stable, digne, dit-il. Mais il a tué en moi toute dignité, toute propreté morale. Cependant, je l'aime. Je l'aime, et de Gilbert, je garde ce fardeau, ce… Jamais Dominique ne me le pardonnerait. C'est la pire forme de jalousie qui le possède, qui le corrompt… Oui, c'est ainsi que tout a commencé, c'est ainsi que tout doit finir.

— Finir ? Comment ?

— Tu le devines bien.

— Oh ! Solange !

— Que veux-tu que je fasse d'autre ? fit Solange avec un accent de révolte et de désespoir : tu agirais comme moi, à ma place.

— Mais tu n'auras pas peur ? Mais on peut mourir…

— Si tu crois que j'ai peur de mourir ? Mourir ! Quel repos… Si tu savais, murmura-t-elle, laissant enfin couler ses larmes : la peur, la honte, ces affreux malaises, se sentir seule, mentir sans cesse, mentir à tous, si tu savais…

— Solange ? Il y a longtemps ?

— Quatre mois.

— Mais tu es folle ! Mais il est trop tard…

— Non, le danger est plus grand, mais c'est possible…

— Mais pourquoi as-tu attendu si longtemps ?

— J'espérais…

— Oui, dit Marianne avec pitié, se souvenant de ces nuits de bal, où Solange dansait sans s'arrêter, le fard effacé sur ses joues pâles, les yeux étincelants ; elle l'avait crue possédée par l'unique amour du plaisir.

— C'est une forme de suicide, mon petit…

— Suicide raté… Tiens, sais-tu ce que Dominique pardonnerait le plus difficilement ? La banalité, le côté sordide de ça… Comme n'importe quelle petite blanchisseuse de Grenelle… Je ne comprends pas, il faut que je sois la dernière des femelles pour continuer à l'aimer… Car c'est lui le véritable coupable. Gilbert n'est qu'un maladroit, mais lui… Je ne demandais qu'une chose, moi : être sa femme, être à lui… Si tu savais comme je l'aime », dit-elle en serrant contre elle ses bras minces, et ce geste, semblable à celui par lequel on presse un enfant sur son sein, émut Marianne de pitié.

Solange femme, Solange mère ! Elle-même, Marianne, aurait pu… C'était inconcevable… Pendant quelques instants elle n'écouta plus ce que disait Solange : elle ne pensait qu'à elle-même…

« Il ne me pardonnerait pas la laideur de ça, fit enfin Solange. Il n'aime pas la vie. Elle lui paraît sordide. Il ne l'accepte pas, tu comprends ? Je crois que c'est cela le plus terrible péché, le péché sans rémission…

Il lui faut une vie plus belle que la vie… Mais c'est impossible… Il faut vivre et jouer le jeu. Il m'a dit souvent qu'il préférait les livres et les tableaux aux êtres humains ; mais, alors, il ne faut pas se mêler de vivre. Je crois que si quelque chose m'arrivait, malgré tout, il serait très malheureux…

— Mais que vas-tu faire ? »

Solange hésita :

« Tout est arrangé, maintenant. Tu n'imagineras jamais qui m'a aidée… Une ancienne femme de chambre de ma mère, que je vais voir de temps en temps, que j'aime beaucoup. Tu vois comme la charité est toujours récompensée !… Tu vois cet épilogue aux Petites Filles Modèles, quand la riche et élégante jeune fille va visiter dans son humble chambrette la dévouée domestique qui l'a bercée dans son enfance… Pouah ! Je ne sais pas si c'est *mon état*, comme on dit, mais j'ai constamment aux lèvres un goût de fiel, de cendre…

— Et après ?

— Après, j'épouserai Dominique. Je me jetterai dans une orgie de draps roses… Maman sera heureuse, ne se doutera de rien. Mon beau-père, avec l'argent de maman, m'achètera un bracelet de diamants ou un collet d'hermine. Tout le monde me sourira, dira : "Cette petite Saint-Clair, tout de même, nous l'avions mal jugée. Elle s'est rangée, elle s'est mariée (et richement). Que peut-on exiger de plus ? Cette génération a du bon." Un jour, peut-être, plus tard, Dominique désirera des enfants et sera désespéré si un accident arrive… »

Elle se tut, fit un signe de la main :

« Tais-toi, voici Évelyne. Ne lui dis rien. Je te défends d'en dire un mot à qui que ce soit. Souhaite-moi bonne chance. J'ai peur… »

Elle appela Évelyne.

« Venez, leur cria celle-ci, on vous attend ! On vous cherche ! »

Avec pitié, envie et une jalousie amère, Solange et Marianne regardaient Évelyne. Cette peau éclatante, ces yeux sombres au regard insolent et triomphant, ces cheveux d'or et la robustesse élancée de ce cou qui lui donnait une attitude hardie et fière, telle qu'on eût appelé autrefois « un port de reine », qu'elle était belle, légère et libre, celle-là !…

« Si le terme "vieillir", songea Marianne tout à coup, peut s'appliquer à des filles de notre âge, pour Solange et pour moi, c'est fini !… Nous sommes vieilles ! De nous trois Évelyne seule est ignorante et heureuse encore !… De l'amour elle n'a goûté que le meilleur. Nous avons bu jusqu'à la fin, jusqu'à la lie. »

Elles se levèrent pour rejoindre Évelyne.

12

Les parents d'Antoine étaient étonnés qu'il ne son-
geât pas à embrasser une carrière; il avait vingt-sept
ans; la guerre avait interrompu ses études et il paraissait s'accommoder d'une inaction parfaite, coupée de
longs voyages, sans but. Mme Carmontel ne tarissait
pas d'aigres remarques à l'égard de son fils cadet; elle
lui donnait Pascal et Gilbert en exemple, comme au
temps de l'enfance; elle lui rappelait que les événements récents avaient entamé la fortune de la famille,
qu'il « n'aurait pas à compter sur grand-chose », etc.
Antoine, un jour, lui répondit qu'il avait dépensé pendant la guerre toute la somme d'énergie dont il pouvait
disposer et qu'il estimait en avoir assez fait pour toute
une longue vie. Mme Carmontel s'emporta; la discus-
sion se termina en querelle, une de ces querelles de
famille, où l'on se venge bien moins des actes de la veille
que de ceux d'un lointain passé, où chaque grief en
fait surgir d'autres, secrets, dormants, que l'on croyait
effacés à jamais. Antoine, pendant plusieurs semaines,
cessa les visites du dimanche. Il se sentait seul; il s'était
séparé de Nicole. Il s'entendait moins bien qu'autrefois avec Dominique, dont il enviait l'indépendance et

la grande fortune. Au printemps, quelques jours après la réception des Segré, il rencontra Marianne chez des amis communs, les Lennart, qui habitaient aux portes de Paris, sur les bords de la Seine. Le hasard d'une danse les jeta l'un contre l'autre et alluma si bien leur sang que leurs corps se reconnurent, se cherchèrent presque malgré eux. Antoine dit avec froideur :

« Nous pourrions aussi bien continuer… puisque la bêtise est faite… »

Ils dansaient sur une petite estrade, faiblement éclairée par des lanternes roses ; il la mena, pour l'embrasser, vers les zones d'ombre, sous les vieux arbres qui bordaient la rivière. La nuit était sombre ; il ne voyait pas le visage de Marianne ; il eut, tout à coup, envie de la regarder ; il éleva en l'air la cigarette qu'il tenait à la main, et il vit luire les grains d'ambre du collier de Marianne, le bord de ses dents et ses ongles fins. Il ressentit un plaisir vif et tendre qui l'étonna.

Marianne murmura enfin :

« Et Nicole ?

— Fini, répondit-il brièvement.

— Pourquoi ?

— Comme ça… Toutes les liaisons finissent. Vous ne le saviez pas ?… D'ailleurs, elle veut se remarier. Et je n'ai aucune vocation pour le mariage… du moins avec elle… »

Toute la nuit, ils dansèrent ensemble. Le lendemain soir, il était chez les Segré, quand un coup de téléphone apprit à Marianne que Solange venait d'être transportée dans une clinique aux environs de Fontainebleau : elle était depuis la veille en visite chez une de ses tantes qui habitait Fontainebleau. Elle était tombée subitement malade, disait-on. Brusquement, son état avait empiré. Il était facile de comprendre à travers les réticences et les mensonges affolés de l'entourage qu'elle était en grand danger.

« Elle va mourir, dit Marianne en éclatant en pleurs ; si vous saviez… si vous saviez !…

— Quoi, fit Antoine, elle était enceinte ?

— Oui. Vous le saviez ?

— Non, mais c'est facile à deviner, hélas ! C'est l'enfant de Dominique ?

— Non.

— De Gilbert ? Est-ce possible ? Le maladroit ! Combien de temps ?

— Quatre mois. Est-ce qu'elle va mourir ? »

Antoine ne répondit pas. Ils étaient seuls dans la chambre de Marianne. Elle le supplia de partir avec elle pour Fontainebleau le soir même.

« Mais vous ne saurez rien. On ne vous dira rien. »

Elle n'écoutait pas. Elle se désespérait :

« J'aurais dû le dire… Si sa mère avait su… On l'aurait sauvée ! Je veux savoir qu'elle n'est pas morte…

— Eh bien ! venez », dit-il de guerre lasse.

Ils partirent. Elle pleurait à ses côtés. Il se taisait, attentif à conduire rapidement la voiture, dans ce torrent incessant d'autos qui coulait sur la route. La nuit était chaude, pure : tous les habitants de Paris semblaient le fuir, se précipiter vers les hôtels, les dancings, les mille restaurants des environs.

Enfin, ils arrivèrent à Fontainebleau, devant une maison à peine visible derrière une haute grille. Antoine sauta à terre :

« Attendez-moi là. Je reviens. »

Elle attendit ; elle cherchait en vain à apercevoir une lumière. Elle ne voyait rien ; des arbres et la grille cachaient toutes les fenêtres. Elle imaginait le corps de Solange torturé, taillé, souillé de sang.

Enfin, Antoine revint. Muette, le cœur battant, elle l'écouta approcher.

« Elle vit, dit-il, mais... »

Il remonta auprès d'elle, tourna la voiture dans la direction de Paris :

« Ils ne désespèrent pas de la sauver.

— Mais il est possible qu'elle meure ?

— Pardi, répondit brutalement Antoine, retrouvant d'instinct le tutoiement abandonné : qu'est-ce que tu imaginais ? Tu m'as dit qu'elle était grosse de quatre mois, tu comprends ce que ça veut dire ? Ma parole, on croit avoir affaire à des femmes... »

Elle se mordait les lèvres pour arrêter ses larmes, mais elles coulaient malgré elle sur son visage.

Antoine dit plus doucement :

« Pourquoi a-t-elle fait ça ?

— Et que voulais-tu qu'elle fasse ?

— Qui le lui a conseillé ?

— Une ancienne domestique, je crois...

— Mais elle est folle ? Est-ce qu'on joue avec ça ?

— Mais que voulais-tu qu'elle fasse ? répéta Marianne : est-ce que tu peux comprendre à quel point on est seul ? Imagine-toi que la même chose m'arrive demain ? Qui m'aiderait ? Qui me conseillerait ? Je mourrais de honte avant d'en parler à ma mère ou à mon père... Et à l'amant, c'est lui forcer la main, le pousser au mariage. Si on l'aime et s'il vous traite comme tu m'as traitée, ou comme Dominique a traité Solange, mille morts sont préférables ! Tu ne peux pas comprendre ça ! Mais je le comprends, moi, du fond de mon cœur, je le comprends... Et ici, il ne s'agissait même pas d'amour, puisque l'enfant est d'un autre, qu'elle n'aimait pas... Une fille qui souffre, qui est seule, est à qui veut la prendre. Heureusement, les hommes ne le savent pas. »

Elle passa lentement sa main sur ses joues livides.

« J'ai froid, murmura-t-elle.

— Froid ? Il n'y a pas un souffle d'air. »

Il lui toucha la main :

« Mais tu es glacée ! Tu vas boire un peu d'alcool... »

Ils s'arrêtèrent devant un petit café désert, sur la place d'un village dont jamais ils ne surent le nom. Ici, on était à l'écart de la route ; son vacarme parvenait aux oreilles de Marianne et d'Antoine, affaibli, adouci comme le bruit de l'orage lorsqu'il s'éloigne et se perd dans le lointain. La petite terrasse où poussaient quelques maigres fusains était vide. Antoine entoura doucement de son bras le cou de Marianne, d'un geste tendre et pitoyable :

« Ne pleure pas ainsi... On la sauvera...

— Ce n'est pas seulement sur elle que je pleure...

— On ne pleure jamais seulement sur les autres. »

Ils parlaient bas. Autour d'eux, tout dormait ; dans le café on n'entendait que le pas lent d'une servante.

Marianne, les mains sur sa figure, pleurait nerveusement, sans arrêt. Antoine approcha de ses lèvres un verre rempli de fine :

« Bois », dit-il doucement.

Elle obéit ; il ramassa le béret qu'elle avait laissé tomber et lissa les cheveux défaits de Marianne.

« Mais tu peux être bon, dit-elle avec surprise, en le regardant à travers ses larmes.

— Certainement, je peux être bon. Pourquoi dis-tu ça ? »

Elle ne dit rien.

« J'ai été méchant avec vous ? » demanda-t-il.

Elle haussa les épaules sans répondre.

« Cet hiver, j'ai pensé à vous avec beaucoup de désir et beaucoup de tendresse, Marianne. À parts égales, la tendresse et le désir, que faut-il de plus ? »

Il attendit qu'elle parlât, mais elle l'écoutait avec froideur et tristesse.

« Tout cela vient trop tard, songea-t-elle : il y a quelques mois, si j'avais entendu des paroles semblables, quelle joie, quelle paix ! Est-ce que je l'aime encore ? Oui, sans doute, oui, assurément, mais... Je suis fatiguée, je voudrais dormir », pensa-t-elle.

Elle traçait lentement des cercles sur la table de marbre avec son verre. Il voulut la forcer à boire encore : elle lui repoussa doucement la main. Elle regardait cette grande main brune, aux doigts longs et forts, que, pendant si longtemps, elle n'avait pu voir auprès d'elle, sans éprouver le désir de la baiser, d'être caressée par elle, et tout son amour s'apaisait soudainement, retombait au fond de son cœur comme les vagues sur la mer quand le vent se calme. Elles sont encore là ; le moindre souffle les fera lever, mais ce qui s'annonce, ce n'est plus la tempête, mais un temps de paix, de grâce. Elle soupira, ferma à demi les yeux.

Il dit à voix basse :

« Marianne, depuis longtemps j'ai pensé... »

Il se tut de nouveau, voulant bien peser ses paroles, conscient d'accomplir un des actes les plus importants de sa vie, « second en importance à la mort même », songea-t-il.

« Marianne, ce qui nous manque, c'est de vivre ensemble, d'être époux. »

Il parlait d'une voix plus basse encore, animée d'une secrète et profonde chaleur, qu'il se gardait bien de montrer, qu'il celait, au contraire, avec pudeur, comme il l'avait toujours fait. Mais elle, tout à coup, le comprenait. Elle s'était épuisée en vain à le connaître, à rechercher une clé de son âme et voici qu'il apparaissait et la lui livrait, la remettait lui-même entre ses mains. « Pourquoi avoir tant attendu ? À quoi bon ces veilles, ces larmes ? » songea-t-elle, mais elle ne dit rien : elle était devenue plus sage. Qu'il gardât sa part d'ombre, comme tout être humain ; elle ne la pénétrerait pas ; elle se contenterait de cette assurance de paix, de trêve. Elle était arrivée au but ; elle touchait au havre. Oui, mais le flot du premier, du vivant amour était passé, hélas !...

« Ainsi, c'est oui ?

— Oui », fit-elle.

Sa propre voix sonnait à ses oreilles, pâle et lointaine. Ils étaient fiancés. Le moment qu'elle avait tant attendu, tant désespéré d'atteindre, était-ce possible qu'il fût hors de sa portée, déjà dans le passé, qu'il eût pris ce caractère solennel, irrévocable dont le temps écoulé revêt nos actes ?

« Je l'ai toujours su, dit-il : quand je suis venu chez toi, pour la première fois... tu portais une robe rouge, tu m'as pris par les épaules... Est-ce que tu te rappelles ? »

Elle inclina la tête.

« Alors, dit-il lentement, j'ai pensé : "Tu l'épouseras." Peut-être, à cause de cela, Marianne, toute mon attitude, mes actes, rien de tout cela n'avait une véritable importance. Je savais que cela finirait ainsi. Pendant la guerre, il m'est arrivé de ressentir quelque chose d'analogue. Quand je montais en première ligne, parfois, la même voix au fond de mon cœur, si assurée, distincte, la voix de quelqu'un qui sait (ou qui se souvient) disait : "N'aie pas peur, tu vivras." Et je ne puis vous décrire... cette paix intérieure... »

Il s'interrompit et sourit :

« J'allais dire : "Comme aujourd'hui..." Mais ce n'est pas vrai. Je suis ému, anxieux... Et pourtant non, non !... À la réflexion, c'est bien le même calme. Donnez-moi la main. »

Elle posa sa main sur la sienne, et la sentit trembler entre ses doigts. Il demanda à voix basse :

« Vous n'avez pas peur ?

— Non. Pourtant, je sais que vous pouvez être cruel...

— Je sais, dit-il, que vous pouvez être légère... »

Avec un soupir, ils unirent leurs mains.

13

Aux portes de la mort, Solange fut sauvée, mais elle était restée si malade qu'elle ne put quitter la clinique avant le commencement de l'automne et, en septembre, on l'envoya en Suisse. Elle avait toujours eu les poumons fragiles. Une ancienne lésion s'était rouverte dans ce corps surmené.

En France, Dominique avait en vain essayé de la rejoindre. Il finit par partir lui-même pour la Suisse.

On avait installé Solange en compagnie d'une infirmière dans un sanatorium dans la haute montagne, non loin de Lausanne. Dominique ne connaissait pas cette partie de la Suisse. Il arriva un matin de bonne heure ; il espérait apercevoir Solange vers la fin de la journée, quand les soins et la cure seraient terminés.

Il laissa sa valise à l'hôtel et ressortit presque aussitôt : il ne pouvait rester en repos. Il descendit jusqu'au lac ; l'hiver, transformé en patinoire, il était à présent gris et désert ; une petite pluie légère tombait. Il entra dans un café bâti au bord du lac, prolongé par une terrasse vitrée qui descendait sur l'eau. Là aussi, pas une âme ; il entendait le bruit de la pluie sur les toits vitrés, au-dessus de sa tête, et tout autour de lui, dans l'eau. Il dut longtemps appeler avant qu'on vînt le servir : tout dormait ; enfin, un petit garçon apparut et lui apporta un bol de café noir et de minces tartines beurrées ; il n'avait pas faim ; il repoussa l'assiette, mais but avec joie le café faible et chaud.

Il demanda où était le sanatorium ; il n'avait pu se procurer à Paris qu'une adresse incomplète.

« Quel sanatorium ? » demanda le garçon.

Il paraissait si niais que Dominique expliqua :

« Un sanatorium… tu sais bien… où on soigne les malades.

— Il n'y a que des malades ici », dit le garçon.

Il montra les deux versants de la montagne :

« Ici et là… partout… mais n'importe quel docteur vous renseignera, si vous dites le nom du malade que vous cherchez. Ils les connaissent tous. »

Il sortit, laissant Dominique seul.

Un peu plus tard, le ciel s'éclaircit ; un faible rayon fit briller les terrasses des sanas. Dominique en compta sept sur le seul versant de droite. L'un d'eux, tout en glaces et en vitres, étincelait, posé sur l'extrême pointe de la montagne. Sur les chemins couverts de boue, enfin, des êtres humains se montrèrent ; ils avaient l'apparence de la santé ; ils portaient des vêtements de sport, pantalons de ski, chandails, grosses moufles de laine, mais Dominique savait que la saison des hivernants n'était pas commencée encore et devinait en chacun d'eux un malade. Ils descendaient avec prudence, rarement par groupes, parfois par couples, le plus souvent seuls. Ils faisaient une fois, deux fois, trois fois le tour du lac, s'arrêtaient pour regarder l'heure, puis repartaient. Leur démarche les trahissait, ce léger raidissement du corps, le souci de ne pas laisser voir trace d'essoufflement, ni de fatigue. Dominique pensait à cet air d'assurance qu'ont parfois les aveugles, et comment ils avancent, tête levée, d'un pas vif, parmi les voyants. Il détourna les yeux. Le triste pays... Le ciel était pâle ; les sapins noirs. Il paya et sortit.

Le temps était calme, sans un souffle de vent ; une particulière matité de l'air paraissait étouffer à demi chaque son ; la boue et les brindilles de sapin sur les routes empêchaient d'entendre le bruit des pas. Un peu plus haut, il croisa de grands malades, appuyés sur des cannes, enveloppés de châles avec un air légèrement hagard d'oiseaux de nuit surpris par un rayon de lumière. À midi, on entendit sonner les cloches qui rappelaient les pensionnaires. Tous disparurent. Après le déjeuner, Dominique revint vers le café du lac. Il avait fait demander des renseignements par la patronne de son hôtel, et il savait maintenant que Solange habitait la cage de verre tout en haut de la montagne. De deux à quatre heures, jusqu'à la fin de la cure, il ne vit personne, puis, de nouveau, apparurent, descendant vers la vallée, les mêmes personnages, aux traits déjà familiers, odieusement familiers, pensa Dominique avec un frisson.

« Si je reste ici, je suis capable, moi aussi, de ne jamais vouloir partir », songea-t-il avec accablement, se souvenant du livre de Thomas Mann.

Tout le désespoir qui l'avait envahi pendant cet été affreux, où à chaque instant il s'attendait à la mort de Solange, avait trouvé son point culminant d'horreur dans cette station de montagne, où la tuberculose était considérée comme l'une des industries principales du pays et exploitée comme telle, où tout semblait s'accorder, conspirer pour le retenir, l'engluer, le forcer à contempler face à face ce qu'il appelait « le côté sordide de la vie », les durs combats contre la mort, la peur de l'ombre.

Dans le petit bois de sapins, il s'arrêta ; il était seul ; il regarda le tronc rougeâtre des arbres, respira leur fort parfum de résine et songea que, pour la première fois depuis le matin, il pouvait échapper à ce relent de maladie, de mort qui semblait sourdre de tous les murs. Il s'adossa à un sapin, ferma les yeux, mais il était là depuis quelques instants à peine lorsque apparurent de nouveau les pitoyables promeneurs qui le regardaient avec une curiosité anxieuse. Sans doute, chaque visage inconnu devait receler pour eux des possibilités indéfinies d'aventures, de rêves, d'amitié. Dominique courut plutôt qu'il ne marcha vers le sommet de la montagne. Il entra dans un grand vestibule, semblable à n'importe quel hall d'hôtel, donna son nom. Une infirmière en voile bleu parut enfin et l'invita à la suivre ; elle avait des joues vermeilles, des yeux clairs et ce sourire innocent, éblouissant, froid, particulier aux personnes de sa profession.

Dominique demanda à voix basse :

« Comment va Mlle Saint-Clair ?

— Mais très bien, tout à fait bien, répondit-elle de ce ton cordial, encourageant, fait pour verser l'optimisme au cœur des malades et éliminer au plus vite les visiteurs, parents ou amis, mais tous indésirables, gênants, avec leurs questions incessantes, leur désespoir inutile. Naturellement, elle a été très atteinte, mais elle va aussi bien que possible. »

« Ainsi, sans doute, songea Dominique, devait-elle répondre quand là-haut le malade étouffait, mourait : "Naturellement, il est un peu fatigué. Il a passé une mauvaise nuit. Mais il va aussi bien que son état le comporte." »

Ils étaient entrés dans une zone différente de la maison, fortement chauffée, aux murs ripolinés de bleu ciel, avec, de place en place, de grandes pancartes blanches :

SILENCE.

L'odeur du linoléum et des désinfectants saisit Dominique à la gorge. Il se mit à tousser ; l'infirmière lui dit aimablement :

« Vous êtes enrhumé ? »

Et Dominique ressentit un moment de dégoût, de terreur, comme s'il était entouré d'invisibles rets, comme si tout menaçait son état précaire d'homme bien portant, de vivant, mais entouré de toutes parts, cerné, menacé par les flots sombres et secrets de la mort.

Ils entrèrent enfin chez Solange. Elle était étendue sur la petite terrasse qui prolongeait sa chambre, sur une chaise longue plate, sans coussins. Une fourrure sombre couvrait ses jambes. Il vit d'abord que ses cheveux étaient coiffés en deux longues nattes et retombaient de chaque côté de son visage pâle, las, calme. Il sentit les larmes monter à ses yeux. Il ne put rien dire, à peine serrer la main qu'elle lui tendait.

Une seconde infirmière, vêtue de blanc, avec un voile blanc jusqu'aux épaules, qui lisait un peu à l'écart, se leva, murmura discrètement :

« Ne vous fatiguez pas, mademoiselle… »

Et elle sortit.

Solange le regardait en souriant; c'était un faible sourire, qui touchait à peine le coin de ses lèvres et laissait l'expression des yeux grave et calme. Jamais il ne l'avait vue sourire ainsi. C'était une autre femme. Ses joues, sa bouche n'étaient plus fardées. Elle portait un manteau de fourrure brune et un voile était noué sur sa tête.

Elle lui dit enfin :

« Asseyez-vous… »

Il s'assit à ses pieds sur la chaise longue et, soulevant la couverture, baisa avec emportement, avec des larmes de remords, d'amour et de pitié, ses jambes maigres, ses fins pieds étroits, qu'il sentait trembler sous ses lèvres.

« Pardon ! Pardonne-moi, Solange ! Tout est ma faute, mais pourquoi as-tu fait ça ? Étais-tu sûre que l'enfant ne pouvait pas être de moi ?

— Sûre. Mais, de toute façon, j'aurais agi de même… Le scandale, un accouchement clandestin, un mariage précipité, ceci, dit-elle en étendant ses deux mains devant sa taille, c'est si peu vous, si peu conforme à ce que vous exigez… »

Une faible raillerie animait sa voix :

« Non, vraiment, je ne vous voyais pas dans ce rôle, répéta-t-elle, et moins encore ainsi… avec l'enfant d'un autre…

— De Gilbert Carmontel, n'est-ce pas ? Mais cet enfant, je l'aurais accepté. J'aurais pu finir par l'aimer. Tu t'es fait de moi une image qui n'est pas la vérité. Tu n'as voulu voir qu'une partie de moi, mais non moi

93

tout entier. Je puis te paraître sec, inconstant, cynique. Je l'ai été, sans doute. J'aurais pu être différent. Cet enfant que vous avez tué, je l'aurais accepté, je l'aurais adopté… Jamais vous n'auriez entendu un mot de reproche… »

Elle secoua doucement la tête :

« Non, vous croyez cela, ce n'est pas vrai. Je vous connais mieux que vous ne vous connaissez vous-même. J'ai de vous une expérience qui ne trompe pas. Vous n'êtes sensible qu'à la fiction, qu'à une certaine marge de la vie, un certain halo qui l'entoure et qui n'est pas la vie… »

Elle s'essoufflait en parlant. Elle passa son mouchoir sur ses lèvres.

« Attendez. Reposez-vous », dit-il en lui prenant la main.

Elle fit signe que non, qu'elle n'était pas fatiguée, acheva précipitamment à voix basse :

« J'ai été très mal. Je suis encore en danger…

— Avez-vous beaucoup souffert ? demanda-t-il après un silence.

— Non. On me faisait des piqûres de morphine… Puis l'infection a cédé, mais alors j'ai commencé à cracher le sang. Vous savez que mon père est mort de tuberculose, et moi-même, j'avais toujours eu les poumons menacés. Une ancienne lésion s'est rouverte. »

Les lèvres de Dominique se contractèrent dans une sorte de grimace douloureuse qui fit sourire Solange.

« Taisez-vous », murmura-t-il.

La porte s'ouvrit, l'infirmière en voile blanc parut sur le seuil :

« Je crois qu'il est temps de vous reposer, mademoiselle Saint-Clair. Je suis obligée de vous gronder, vous parlez trop…

— Je vais me taire, dit Solange, et vous, Dominique, vous allez lire une lettre que je vais vous donner. Vous voulez bien ? »

Elle demanda à l'infirmière de lui apporter un petit buvard de maroquin rouge, qui se trouvait sur la table ; elle prit une lettre qu'elle tendit à Dominique :

« Lisez… »

Il ne restait plus au-dehors qu'un faible rayon de jour qui glissait à travers les grands sapins noirs. Dominique s'approcha de la fenêtre, la lettre à la main, alla d'abord à la signature : Gilbert.

« La première page manque, dit Solange, mais ça ne fait rien. Lisez. Vous comprendrez bien. »

Il lut :

« … Ce pays que je connais, je t'apprendrai à le connaître. Je ne te parle pas de la Suisse, mais de la maladie, qui est comme un pays différent des autres, et où on peut vivre, si on sait s'en accommoder, comme dans la plus simple auberge il est possible de s'arranger une vie décente. Nous ne pouvons vivre séparés. Tu n'épouseras pas Dominique. Tu ne l'aimes plus. Je le sais mieux que toi. Je l'ai compris lorsque tu as accepté, à Fontainebleau, de ne pas le recevoir, de partir loin de lui, croyant qu'il ne te rejoindrait pas. Je t'aime, Solange. Je ne me lasserai pas d'écrire cela. Je sais que tu n'as jamais ri de moi, de ma folle dévotion qui me faisait accepter tout au monde… chérir tout ce qui me venait de toi. Laisse-moi venir, permets-moi de venir. Tu verras, rien ne sera plus terrible lorsque je serai là. Ce qu'il y a d'affreux, là-bas, c'est la solitude, c'est l'ennui, c'est la peur, mais je te donnerai tant d'amour. Et quand tu seras forte, guérie, nous nous marierons, car, contre ton gré même, je t'ai marquée plus profondément que n'a jamais pu le faire Dominique. Tu n'aurais pas dû faire ce que… (Ici, plusieurs mots manquaient, étaient effacés.) Cet enfant était à moi. Tu es à moi. Tu seras ma femme. Permets-moi de venir. – Gilbert. »

Dominique releva la tête.

« Ainsi… vous épousez Gilbert ?

— Si je guéris… je l'épouserai…

— Vous ne l'aimez pas, dit Dominique à voix basse, sans permettre aux traits de son visage ni au ton de ses paroles de le trahir, car il entendait le pas de l'infirmière dans la chambre voisine, derrière la porte vitrée : ce n'est pas lui que vous aimez…

— Je n'aime plus personne. Je me rappelle l'instant exact où j'ai compris cela. Le jour où j'étais au plus mal, à la clinique, où on avait tout tenté et tout abandonné. Un paravent était déplié autour de mon lit : cela, c'est le signe le plus sûr… On permet ainsi aux proches de rester dans la chambre, et on leur dérobe les mouvements de l'agonie. J'étais consciente de tout. Une sœur tenait ma main. Je comprenais qu'elle comptait les battements du pouls pour prévenir ma mère aux derniers instants. Enfin, une conscience parfaite, mais par moments seulement. À d'autres, rien. On ne me parlait plus. On se penchait sur moi, on me regardait, puis on me laissait. Je me souviens d'avoir pensé à vous, et, pour la première fois, sans amour. Je n'avais pas envie de vous voir. Votre existence m'était indifférente. Je regrettais la vie, plus ou moins, mais pas l'amour. J'étais saturée d'amour. J'ai éprouvé un merveilleux sentiment de paix, dit-elle avec cet accent de raillerie légère que Dominique n'avait jamais, jusqu'à ce jour, perçu dans sa voix et qui achevait de la changer, de l'éloigner, de la libérer de lui : voilà. C'est tout. »

Elle se tut. Une grêle sonnette retentit, annonçant sans doute le repas du soir. De nouveau l'infirmière apparut :

« Il faut partir, maintenant, monsieur, dit-elle en souriant ; pardonnez-moi, mais Mlle Saint-Clair s'agite trop et parle trop. Elle sera fatiguée, et on ne lui permettra pas de voir M. Carmontel demain.

— Ah !... votre... fiancé arrive demain ? murmura Dominique.

— Mais oui, nous l'attendons dans la matinée », dit l'infirmière avec l'accent d'enjouement inhérent à sa profession, tandis que Solange se taisait.

Dominique prit congé des deux femmes et sortit. Dans le couloir, au-dessus des portes peintes en bleu ciel, s'allumaient çà et là les ampoules électriques qui correspondaient aux sonnettes dans les chambres des malades. La fièvre, l'insomnie, les rêves, la toux reprenaient leur empire, un instant affaibli par le répit du jour. Dominique partit.

14

Le mariage d'Antoine et de Marianne eut lieu au commencement de l'automne. Du temps doux, brumeux, incertain, il était impossible de tirer aucun présage. De faibles rayons de soleil semblaient vouloir percer et écarter à jamais les nuages, mais aussitôt ils se reformaient. Tout était comme à l'ordinaire, bruits des cloches et des orgues, fleurs blanches et froides des corbeilles de mariage, parfum de l'encens, crépitement de la cire brûlante, buissons de flammes au pied des autels. Le prêtre prononçait les paroles consacrées qui tombaient sur cette foule et paraissaient s'y perdre, s'y enfoncer comme dans un océan d'indifférence.

« Je préfère les enterrements, c'est plus gai », dit un homme à sa voisine, une contemporaine de Marise Segré, coiffée d'un chapeau rose.

Elle répondit : « Taisez-vous… », d'une voix étouffée.

Elle pensait à des robes, à des amants, à des dettes et, malgré tout, elle ne pouvait s'empêcher de regarder les jeunes filles, ce bouquet de robes bleues, ces jeunes filles, si fraîches, si insolentes, si sûres d'elles-mêmes. C'était un plaisir de reporter ensuite les yeux sur la mariée, qui ne faisait plus partie, elle, de ces voiliers heureux, tout frémissants d'impatience, qui n'avaient jamais encore été battus par les vents, qui appareillaient, cinglaient joyeusement vers des terres inconnues, comme si tout n'était pas déplorablement connu, banal, quotidien. C'était ce vain recommencement, ce vain écoulement, cette banalité même qui finissaient par troubler l'âme… « Mais pour la mariée, c'est fini de rire… », songeait la dame avec satisfaction, tout en chuchotant :

« Il paraît qu'elles couchent à droite et à gauche, ces petites Segré… »

Cependant, dans la rue, devant l'église, les nurses du quartier, berçant d'une main nerveuse les voitures d'enfants, supputaient le prix des fleurs et, à un franc près, celui de la toilette de la mariée, ressentant plus vivement que jamais l'injustice sociale qui les priverait, elles, du voile de dentelles, des bouquets et des présents, et, agenouillés côte à côte, Marianne et Antoine courbaient le front du même mouvement quand soufflait la rafale d'orgue et se sentaient, pour la première fois de leur vie, dans la main de plus puissant qu'eux.

Après le mariage, les jeunes gens partirent pour quelques semaines en Espagne et, au commencement de décembre 1920, ils revinrent à Paris, dans l'appartement de l'île Saint-Louis, où ils devaient vivre. Dominique Hériot, qui leur avait cédé sa part du bail, était parti pour Londres.

Le voyage à travers l'Espagne et le Portugal leur avait laissé le souvenir de quelques instants délicieux et de longues périodes d'ennui, de mécontentement d'eux-mêmes.

« Ni amants, songeait Antoine (on allait au lit avec plaisir, c'était déjà ça... mais on ne retrouve pas certaines sensations dans leur fleur, dans leur fraîcheur), ni amis, encore... »

Il leur semblait qu'ils avaient déjà tout éprouvé l'un par l'autre et ils regrettaient l'ivresse triste et folle de l'amour.

Le soir de leur retour, ils trouvèrent chez eux une courte lettre de Gilbert, qui annonçait son mariage avec Solange; ils pensaient rester en Suisse quelque temps encore.

L'appartement de l'île Saint-Louis parut à Marianne plus glacial et inhabitable encore qu'il ne l'avait été jusqu'ici. Rien n'avait jamais été amical dans cette maison. Des souvenirs de larmes, d'humiliation, d'amertume s'attachaient aux meubles, aux murs.

Ils dînèrent sur une petite table volante dressée devant la fenêtre. Antoine avait toujours pris là ses repas. La nuit était noire sur la Seine; on entendait siffler les bateaux.

« À cette heure-ci, pensait Marianne, chez moi... »

Sa maison n'était pas ici. Que faisaient ses sœurs? Elle songea à Évelyne qui, certainement, à cette heure-ci, s'habillait pour un bal. C'était la saison qui précédait Noël; on dansait toutes les nuits. Elle aussi aurait pu sortir ce soir avec Antoine, s'habiller, danser, mais elle n'avait pas de nouvelles robes; elle n'était pas coiffée... Surtout, elle se sentait lasse et lourde. Depuis quelques jours elle soupçonnait le commencement d'une grossesse.

« Moi, l'année dernière, à cette heure-ci, je m'habillais pour courir retrouver Antoine. Les robes, les souliers, les bijoux, tout cela avait une valeur superstitieuse, sentimentale, que moi seule pouvais comprendre. »

Elle se rappelait une robe de mousseline bleue, à volants, que ses sœurs trouvaient affreuse.

« Jamais je ne m'amusais autant que quand je portais cette robe... Danser, aimer, ne penser qu'au plaisir ! Quelles délices, quel repos ! Mais rien n'est changé. Rien ne doit être changé, se dit-elle encore... Je suis heureuse. Il n'est pas difficile de s'habituer au bonheur, mais... Nous avons été des amants depuis plus d'un an, maintenant. »

Ils se regardèrent par-dessus la table étroite et se sentirent tout à coup si étrangers, si seuls, qu'ils prirent peur. Ils parlèrent de Gilbert et de Solange, de certains souvenirs de leur voyage. Puis Antoine sourit au domestique qui les servait :

« Martin ne s'en est pas trop mal tiré.

— Mais non », dit Marianne, en se rappelant que Martin était celui-là même qui répondait au téléphone, quelques mois auparavant, de sa voix discrète et glacée : « M. Carmontel n'est pas chez lui, mademoiselle. J'ignore quand il rentrera. »

Dieu ! Elle l'entendait encore...

Ils avaient fini de dîner. Elle demanda :

« Vous permettez que je tire les rideaux ?

— Mais si vous voulez », fit-il.

Et aussitôt il songea avec étonnement : « Elle a le droit, non seulement de tirer les rideaux, d'allumer la lampe, de changer les livres de place. Elle est chez elle. Quand j'avais envie d'être seul, je condamnais ma porte. Dominique ne se fût pas permis d'entrer dans la partie de l'appartement qui m'était réservée, et les

femmes, Nicole, ou celle-ci… (oui, celle-ci), attendaient mon bon plaisir. »

« Il fait bon », dit courtoisement Antoine.

Il ne faisait pas bon. La chambre était froide. Ils
n'avaient pas envie de faire l'amour. Il détournait le
visage. Elle pensa, dans un éclair, qu'elle ne le connaissait pas mieux qu'autrefois, contrairement à ce qu'elle
avait espéré… mais que, encore une fois, elle n'avait
plus envie de le connaître. Elle éprouvait une singulière paresse de l'esprit.

« Le feu s'éteint, dit-elle tout haut.

— Oui. Sonnez Martin, voulez-vous ?

— C'est inutile. Le charbon est là. »

Mais aucun d'eux ne bougea.

« Allons dormir, Marion », dit enfin Antoine avec
un soupir.

15

Les vieux Carmontel avaient passé l'été dans leur propriété de Saint-Elme, en Normandie; ils n'étaient pas rentrés encore.

Au début de l'hiver, Antoine apprit que son père était malade; il était impossible, en lisant la lettre de Mme Carmontel, pleine de confuses plaintes au sujet de son propre sort, de l'absence de Pascal et du mariage de Gilbert, du temps mou et pluvieux (un véritable temps pourri qui nous persécute... la pluie chaque jour...), de comprendre quelle était exactement la maladie d'Albert Carmontel. Il mai-grissait, dormait mal, se plaignait de douleurs dans le côté. Antoine, sans en démêler les raisons, redouta aussitôt le pire. Quelques jours avant Noël, il réso-lut de se rendre à Saint-Elme, mais sans Marianne, fatiguée par sa grossesse. Il avait un autre but à son départ : jusqu'ici, Antoine avait vécu largement de l'argent que lui donnait son père, argent qui se révé-lait insuffisant pour un couple, bientôt une famille; Marianne n'avait pas de dot. Antoine devait donc se préoccuper de ses ressources plus qu'il ne l'avait fait jusque-là. À l'appréhension que lui causait l'état de son père se mêlaient des craintes précises pour son propre avenir. Il ignorait le chiffre exact de la fortune des Carmontel ; il savait qu'elle avait été fortement amoindrie pendant les dernières années par la chute des valeurs russes et diverses spéculations. Si ce qu'il commençait à redouter était exact, son père ne laisserait rien après lui, ou fort peu de chose : la propriété de Saint-Elme elle-même était fortement hypothéquée. Il ne pouvait espérer des libéralités de la part de sa mère et de ses frères aînés. S'il lui revenait quelque argent, songeait-il, il l'emploierait à fonder une affaire, une entreprise quelconque. Mais laquelle ? Il ne se sentait pas de goût pour un travail de bureau. Les études interrompues ne lui permettaient d'envisager aucune carrière... Mais, avant tout, il lui fallait se rendre compte clairement de ce qui l'attendait.

Saint-Elme était une maison vaste et simple, encerclée d'une rivière qui se perdait dans les terres et formait en plusieurs endroits des marécages : là, Antoine et ses frères avaient souvent chassé le gibier d'eau et pêché. Malgré tout, peu de souvenirs agréables se rattachaient pour Antoine à Saint-Elme : il revoyait dans son souvenir une suite ininterrompue de discussions familiales, de querelles entre les parents dont les échos lui parvenaient à travers les portes fermées, de rivalités entre ses frères et lui-même ; là, il avait senti croître en lui un besoin sauvage d'indépendance, sans cesse bridé par la stricte discipline de sa mère, par les leçons ennuyeuses ; là, enfin, il avait souffert de l'injustice qui lui opposait les aînés, les préférés.

Malgré tout, de son voyage à Saint-Elme, il attendait du bien : être rassuré sur le compte de son père et être aidé, soutenu, encouragé par les siens.

« Je ne leur demande pas d'argent, aucune aide effective, songeait-il, seulement un conseil. La famille procure assez d'embêtements pour qu'on puisse exiger d'elle au moins cela… »

Il avait quitté Paris de bonne heure, mais à son arrivée, déjà le crépuscule se changeait en une nuit profonde. Il attendit longtemps devant la grille avant que le jardinier vînt ouvrir ; les gonds de la porte grincèrent avec un long gémissement qu'Antoine reconnut en une seconde, qui le replongea dans l'atmosphère de sa quinzième année, quand il rentrait, mouillé de pluie, affamé, d'une longue randonnée dans les marais et les champs, et que Joseph, le jardinier, l'accueillait en plaisantant : « Pour sûr, il ne reste rien à manger, monsieur Antoine ! »

« Comment va mon père ? demanda Antoine au moment où la porte s'ouvrait devant l'auto.

— Il est bien fatigué », répondit Joseph.

Au bout de l'allée sombre et droite, sur une petite hauteur, la maison s'élevait. Au coup de gong du jardinier, la porte de la terrasse s'entrouvrit lentement. Le vestibule dallé, froid et nu, était désert. Des pressentiments funèbres agitèrent Antoine. Ce calme, ce silence, ce recueillement préfiguraient, annonçaient la mort.

À son vif étonnement, dans la bibliothèque, il trouva ses frères. Pascal l'accueillit, comme à l'ordinaire, avec une méprisante cordialité, et cet air d'être aux aguets, sur la défensive, qu'Antoine lui connaissait depuis leur commune enfance.

Gilbert lui tendit le bout de ses doigts froids et blancs en murmurant :

« Il n'y a rien de grave encore…

— Mais qu'est-ce qu'il a ? Je ne comprends pas, demanda-t-il.

— Eh bien ! il a eu une grippe intestinale dont il ne se remet pas, et que viennent compliquer des troubles du côté du foie. Jusqu'à ces derniers jours, le docteur n'était pas inquiet, mais il ressent une telle fatigue…

— Vous auriez pu me faire appeler, dit Antoine avec colère.

— Il n'est pas question, heureusement, jusqu'ici, de battre le rappel de la famille, répondit Pascal.

— Vous êtes là, cependant.

— Maman voulait nous voir…

— Et moi ?

— Toi ? Tu lui as témoigné si peu d'empressement, ces derniers temps… Maman dit que tu ne lui as pas écrit deux fois en deux mois.

— À dire vrai, fit Pascal, elle n'a pas été enchantée de ton mariage. »

Antoine haussa les épaules :

« Elle n'a été enchantée du mariage d'aucun de nous, que je sache. »

Il songea :

« Mais, aux *autres*, tout est pardonné… »

Il demanda à haute voix, en s'adressant à Gilbert :

« Solange n'est pas ici ?

— Je l'attends demain. »

Ils parlaient tous deux calmement, mais Antoine sentait qu'un frémissement de haine contenue agitait son frère. Gilbert s'était accoudé sur les bras de son fauteuil, et il joignait les mains de façon à appuyer l'extrémité de ses doigts les uns contre les autres. Les ongles devenaient blancs. Cela, c'était un signe qui ne trompait pas Antoine. Ainsi, dans l'adolescence, quand il commençait à réciter une leçon qu'il n'avait pas apprise, quand il répondait d'un ton de mépris tranchant à une accusation portée par l'un de ses maîtres, accusation qu'il savait fondée, Gilbert gardait un calme inaltérable; sa voix ne le trahissait pas, mais ce mouvement nerveux par lequel il serrait fortement ses mains l'une contre l'autre, et qui pâlissait l'extrémité de ses doigts, était, pour Antoine, plus révélateur qu'un aveu.

« Comme c'est bête de dissimuler, entre frères, songea-t-il; je connais le fond même de sa pensée. Oui, ce geste, ce calme trompeur viennent de me l'apprendre : je suis, à ses yeux, celui qui a connu la vie de Solange avant son mariage. Il sait qu'avec Dominique, chez moi... Pauvre Gilbert ! Il voudrait fermer les yeux, s'aveugler, oublier... Il pourrait le faire ! Dominique est loin. Il pourrait se persuader que les autres ne savent rien, mais voilà, impossible, il y a moi, l'ami de Dominique et l'époux de Marianne, par surcroît, connaissant mieux la vie de Solange que lui-même. »

Il se leva, dit brièvement :

« Je voudrais voir papa...

— Impossible maintenant. Il dort.

— Mais, intervint Pascal : tu dîneras avec nous ? Tu pourras le voir quelques instants avant le dîner.

— Et maman ?

— Elle est avec lui. Elle ne le quitte pas.

107

— Le malheureux », murmura Antoine.

Il avait été le témoin de leurs longues soirées silencieuses, si mornes, où aucun d'eux ne desserrait les lèvres. Il pensa tout à coup avec curiosité et pitié à leur passé. Mais non seulement leur vie conjugale, leur existence tout entière paraissait si vide… Son père semblait n'avoir pas eu d'autre ambition que celle de s'enfermer avec un livre et d'éviter toute source de querelles familiales. Antoine avait deviné la jalousie maladive de sa mère. Mais cette jalousie était-elle fondée ? Son père avait-il eu d'autres femmes ? Qui était-il ? Un sage, un résigné, un homme au tempérament froid ? Était-il seulement très intelligent ? Cultivé, certes, courtois, bienveillant, généreux… Et puis ?…

« Et moi ? » songeait Antoine (comme toujours, lorsqu'on attend la mort de quelqu'un qui n'est pas nécessaire à votre existence, à votre souffle même, on pense moins au mourant qu'à soi-même. En imaginant la vie de son père, ses dernières pensées, sa mort, Antoine se voyait, en esprit, parvenu à l'âge de son père, au terme de la course, entre une femme qui serait Marianne vieillie, qui aurait le droit de lui dérober jusqu'à la solitude de la mort, et des enfants inconnus).

« Oui, moi… Est-il possible que ma vie, à moi, ressemble à la sienne ? Le travail, la famille, aucune passion, aucun risque à courir, aucune aventure noble à vivre, et, pour finir, la mort ? On ne peut accepter d'avance l'idée que cela suffise à remplir la vie, sa propre vie, précieuse et unique, et pourtant… Je commence à croire que n'importe quelle existence, la plus grise, la plus plate, peut fatiguer suffisamment l'homme pour que, vieilli, il aspire au repos. Au contraire, plus la vie a été ardente et pleine, plus compréhensible serait ce cri d'un mourant : "Comment ? Déjà ? Mais je n'ai rien fait ! Je n'ai pas eu le temps !… Je n'ai pas vécu…" »

Il était si profondément absorbé dans ses pensées qu'il entendit à peine entrer le domestique ; celui-ci venait le chercher de la part de Mme Carmontel.

Sa mère l'attendait dans une petite pièce, au seuil de la chambre conjugale. Elle embrassa froidement son fils.

Antoine demanda à voix basse :

« Comment va-t-il ? »

Les lèvres de Mme Carmontel se contractèrent, mais elle ne donna pas d'autres signes d'émotion :

« Ce qui nous inquiète, c'est cette faiblesse, dit-elle.

— Je peux entrer ?

— Oui. Va. Doucement. »

Antoine poussa la porte avec précaution et s'arrêta devant le lit où son père reposait. Jamais il n'eût imaginé pareil changement, ni si prompt. Le visage pâle, presque gris, semblait réduit, à demi consumé, les yeux étaient entourés de creux sombres. La bouche, aux lèvres rentrées, montrait les dents.

Avec épouvante, Antoine sentit des larmes dans ses yeux.

« Pourvu qu'il ne me voie pas pleurer… »

Mais son père le regarda à peine, tout occupé de lui-même et de son mal.

« Je ne puis rien faire ? demanda Antoine.

— Non, merci, mon petit. Rien. Est-ce que tu passes la nuit ici ?

— Je pensais repartir après le dîner, mais si on a besoin de moi…

— Non, non, dit Carmontel d'une voix faible, en secouant la tête : je crois que je vais dormir maintenant... »

Antoine dîna seul avec ses frères et Raymonde ; Mme Carmontel se faisait servir, sur un plateau, un potage et un fruit, dans la chambre voisine de celle du malade. Au dessert, Raymonde partit, laissant les hommes seuls, et la conversation se dirigea d'elle-même vers les questions qui les préoccupaient tous.

Antoine exposa sa situation et demanda des éclaircissements au sujet de la fortune de la famille. Les deux aînés se concertèrent du regard, et Pascal répondit :

« C'est bien simple. Les dernières années ont été désastreuses. Pour combler le trou creusé par l'effondrement des valeurs russes, il a spéculé, et ces spéculations ont été franchement mauvaises, désastreuses même. Tu viens au-devant de nos pensées. Nous désirons te parler sérieusement. Quoi qu'il arrive, il sera impossible désormais de te servir une pension, comme on l'a fait jusqu'ici. J'ignorais, entre parenthèses, son chiffre exact ; il me paraît énorme. J'espère, pour toi, que tu as fait des économies. Je puis, pièces en main, te démontrer le détail de mon budget à moi. Eh bien ! marié, à la tête d'une famille, avec trois jeunes enfants, je...

— Ça va, tais-toi, murmura Antoine avec impatience.

— Naturellement, si un malheur arrive, ce qui reste sera divisé entre nous, et tu auras la possibilité de vérifier chaque chiffre comme nous. Mais, tous frais payés, il restera bien peu de chose. Naturellement, je ne compte pas la fortune personnelle de notre mère, qui n'appartient qu'à elle... »

« Et à vous », songea Antoine.

Depuis longtemps, sans doute, ils savaient tous deux à quoi s'en tenir : ils avaient pris leurs précautions. Antoine savait qu'ils s'étaient occupés directement de certaines affaires paternelles, mais ce qu'ils avaient ignoré certainement, c'était le chiffre exact de sa pension : son père avait dû garder le plus grand secret là-dessus ; il avait toujours gâté Antoine.

« S'il meurt, pensa Antoine, je ne veux plus revoir ni mes frères, ni ma mère. À quoi bon ? L'hypocrisie, la froideur, la malveillance, je puis supporter cela tant qu'il est en vie, mais ensuite… »

Il écoutait Pascal, il regardait Gilbert immobile, muet, la bouche serrée, les paupières baissées ; il se sentait repoussé, évincé par eux, et il ne cessait de se rappeler une chambre pleine de soleil, ici même, à Saint-Elme, trois lits de cuivre, ses frères et lui, et leurs rires… Ils entendaient le pas de leur mère derrière la porte. Ils savaient qu'elle venait les gronder ; déjà leur parvenait sa voix mécontente : « Voulez-vous vous taire et vous habiller ? » et les rires fous, bienheureux, montaient à leurs gorges, les rejetaient contre les barreaux de leurs lits. Le souvenir était si vif, l'écho de ces rires si perceptible encore, qu'il ne put s'empêcher de regarder Gilbert avec étonnement, de chercher dans son visage quelques traits du garçonnet maigre, vêtu d'une chemise festonnée de rouge, à cheval sur la barre de cuivre du lit.

Il se leva, leur dit adieu. Ils n'essayèrent pas de le retenir et il partit, le cœur lourd.

16

La dernière journée de l'année fut douce, brillante, et chaude : un printemps trompeur.

Il avait été convenu que les anciens amis de Marianne, toute l'ancienne bande, tous ceux qu'elle appelait *le clan*, ou *le gang*, viendraient passer la nuit du réveillon chez elle et Antoine. Marianne, depuis quelque temps, refusait de sortir le soir ; la maternité, avant d'alourdir son corps, s'en prenait à son cœur même, lui donnait le désir de la paix, du silence, du sommeil.

Antoine entra chez elle tandis qu'elle s'habillait ; elle portait une robe de dentelle noire et un collier de jade ; on s'accordait à dire qu'elle avait maigri et enlaidi depuis son mariage ; elle-même le voyait et s'en affligeait. Elle regarda Antoine avec inquiétude :

« Vous me trouvez laide ?

— Mais non », dit-il avec sincérité, car, déjà, il avait cessé de la voir.

Un mari et une femme ne voient pas les traits l'un de l'autre, n'accomplissent pas le travail de l'esprit qui consiste à confronter sans cesse l'image restée dans la mémoire et celle que les yeux aperçoivent. Ils regardent le sourire et non le dessin de la bouche, l'expression et non la forme des yeux, et ceci pendant dix ans, quinze ans… Puis, tout à coup, un soir, pareil à tous les soirs, il lit, elle coud, et l'un d'eux lève les yeux ; l'autre, sentant qu'on le regarde, demandera peut-être : « Quoi ? Qu'est-ce que c'est ? » Il répondra : « Rien », ou : « Je t'aime », ou d'autres paroles machinales, mais, en réalité, l'espace d'une seconde, l'homme ou la femme ont vu, et parfois ont dû faire un imperceptible effort pour reconnaître le visage de celui qui partage leur vie.

« On m'a parlé d'un appartement, dit Marianne.

— Ah ! Où cela ?

— À Passy.

— Il faudra voir… Mais jamais nous n'aurons autant de lumière qu'ici.

— Trop, dit Marianne : pour être heureux, il faut l'obscurité et le silence.

— À ce compte, nous ne serons heureux que lorsque nous serons morts. »

Marianne sourit, mais il demeurait sombre. Il était obsédé par l'idée de la mort. Marianne n'avait pas encore de lui une connaissance assez certaine, assez profonde pour le deviner, mais ce qu'il ressentait, c'était un de ces états insupportables, où tout semble préfigurer, annoncer la mort, où on la voit surgir au terme de toute action humaine, où elle corrompt le goût de toutes choses. Marianne, elle, songeait au réveillon de l'année passée : Antoine soupait chez Nicole, et elle, avec un défi désespéré, se laissait embrasser par des garçons dont elle avait oublié jusqu'aux traits, jusqu'au nom. Que tout était changé !… Elle pensa aux matins où elle se réveillait près d'Antoine endormi, toujours à demi nu, ses deux longs bras étreignant avec force l'oreiller, les cheveux en désordre, et à cet instant qui se plaçait entre la veille et le sommeil, où elle se demandait avec stupeur pourquoi son amant était couché auprès d'elle, et tout à coup se souvenait, et imaginait cette longue vie commune, toutes ces années voilées encore…

Au salon, sur une longue table, Martin plaçait les couverts et les roses de Noël. Vers onze heures, les premiers invités arrivèrent. Aussitôt Marianne reconnut l'atmosphère des fêtes d'autrefois, mais plus libre encore, entachée cependant d'une imperceptible vulgarité. Ou bien, cela lui paraissait-il ainsi ? Elle dansait, elle buvait, elle écoutait la sourde et douce musique, mais un sortilège mystérieux n'existait plus. Elle restait froide et calme.

« Décidément, je m'ennuie avec eux, songea-t-elle : que c'est drôle… Pourquoi ? »

Elle regarda Évelyne et fut frappée de sa beauté. Auprès d'elle, ce soir, que Marianne se sentait lourde et sans éclat… Évelyne était… royale, songea-t-elle, en contemplant le long dos nu, les épaules admirables de sa sœur, ses cheveux d'or pâle et ses jambes, longues, sveltes et nerveuses. (« Des jambes de race, les jambes des femmes du Primatice », pensa-t-elle.) Évelyne s'approcha d'elle ; elle fardait à présent ses paupières d'une teinte grise, pailletée d'or. Elle portait une robe de lourd satin, fermée devant et laissant le dos nu, et un collier de rubis en étoiles, que Marianne reconnut :

« Tu l'as volé à maman, dit-elle en souriant.

— Non, fit Évelyne : maman abandonne volontiers ses bijoux en ce moment. Elle a vieilli, tu ne trouves pas ?

— Je ne l'ai pas remarqué.

— Ah ! c'est que tu ne vis plus à la maison. D'ailleurs, cela a commencé de ton temps, déjà. Seulement, toi, tu ne voyais rien. Tu étais amoureuse de ton Antoine, et ça t'aveuglait… Je t'assure, depuis quelques années déjà, la vie à la maison est triste… Non pas extérieurement, mais dans son essence. Papa et maman vieillissent et vieillissent mal… L'argent manque. Régine, depuis son mariage raté, tourne à la vieille fille aigre. Odile est fiancée avec Robert Bacher… Elle va nous laisser et jouer à la grande bourgeoise : nous la choquons… Toi, tu viens en visite, et cela me semble immoral, affreux et, d'ailleurs, ce n'est pas nous que tu recherches, mais de vieux souvenirs, pour goûter, par contraste, le bonheur d'à présent, dit-elle à voix basse ; est-ce que je me trompe ? Et moi… Je suis presque fiancée, tu sais ?

— Avec qui ?

— Une vague humanité, alliée à la future famille d'Odile. Tu ne le connais pas. Il est riche. Il faut bien faire une fin.

— Idiote ! À vingt ans !

— Il faut faire une fin, répéta Évelyne en haussant les épaules et en regardant sa sœur avec un sourire ironique et triste : la vie que je mène, que tu as menée, n'est délicieuse qu'à condition d'être courte. Une brève crise d'ivresse ou de folie, mais brève, comprends-tu, tôt terminée, tôt dénouée, comme pour Solange et pour toi. Et encore, Solange, elle, a souffert. Moi, je ne veux pas souffrir, dit-elle légèrement, en souriant.

— Mais il n'est pas question de souffrir, chérie. »

Elle ne savait pourquoi, Marianne avait envie de plaindre Évelyne. « Pourquoi ? Elle est comme moi… Je n'ai pas été plus sage… »

115

Mais elle savait qu'il y avait en elle un équilibre entre la raison et les sens qui manquait à Évelyne. « On ne pouvait s'empêcher d'avoir peur pour Évelyne », songea Marianne.

Maintenant Évelyne dansait avec Antoine ; ils s'arrêtèrent tout à coup près de Marianne. Évelyne regarda sa sœur et son beau-frère avec une attention profonde et presque anxieuse.

« Est-ce que vous êtes heureux ? demanda-t-elle.

— Mais qu'est-ce qui te prend ?

— Enfin, vous pouvez me dire si vous êtes heureux, non ? Antoine, verse-moi à boire », dit-elle en lui tendant son verre.

Il le remplit en même temps que le sien.

« Je veux te tutoyer, dit-elle, puisque ta femme a pris la stupide habitude de te dire vous… »

Antoine et Évelyne, en même temps, portèrent leur verre à leur bouche et burent ; chacun d'eux regardait le visage de l'autre et le mouvement des lèvres, et soudain passa entre eux cet éclair de désir qui fait d'un homme et d'une femme, jusque-là indifférents, deux êtres qui ne pourront jamais s'approcher l'un de l'autre sans amour, ou sans le souvenir de cet amour – muette interrogation, silencieux consentement, complicité qui les lie sans qu'une parole ait été prononcée, ni un baiser donné. Ce fut si vif et si étrange qu'ils demeurèrent pâles et tremblants sous les yeux de Marianne.

« Fais-moi danser », demanda Évelyne.

Ils s'éloignèrent, et Marianne les vit passer entre les autres couples. Elle éprouva un sentiment d'inquiet désir, ce trouble des sens qui la saisissait autrefois, par des nuits semblables. Elle regarda l'épaisse et douce

116

fumée, les verres vides à terre, tout le décor d'autre-fois.

« Je suis trop jeune pour jouer à la matrone, songea-t-elle : j'ai aimé cela. Je dois l'aimer encore… Il y a longtemps que je n'ai pas bu une goutte de champagne, longtemps que je n'ai pas ressenti cette exas-pération délicieuse de tous les sens à la fois, vue, ouïe, toucher… »

Mais déjà, pour elle l'étincelle de désir s'était éteinte, la laissant étonnée, calme et froide; ces baisers, cette ivresse, ce simulacre d'amour, tout ce qui lui avait plu se revêtait tout à coup à ses yeux de couleurs sordides, paraissait pauvre, sans risque et sans grandeur, un jeu assez vil, en somme, qui pouvait encore irriter les sens, mais furtivement, et par cela même perdait son pouvoir.

« Minuit », dit quelqu'un.

Une montre placée sur la table par Marianne sonna : douze coups grêles, rapides, insignifiants. C'était fini. L'année était consommée.

« L'année de mes fiançailles, l'année de mon mariage, l'année où a été fait un être nouveau, songea confusé-ment, tumultueusement Marianne : Ô Dieu ! j'ai peur ! Ayez pitié de moi ! J'ai peur », murmura-t-elle.

Elle souleva le verre qu'Antoine remplissait de champagne et lui dit à voix basse :

« Bonne année !

— Bonne année ! » répondit-il.

Et, une seconde, il oublia Évelyne. Il abaissa les yeux vers la taille de Marianne et murmura :

« Bonne année, ma chérie… »

Et cet accent de tendresse, rare chez lui, les émut tous deux.

Alors, quelqu'un ouvrit la fenêtre et, silencieux, ils écoutèrent sonner minuit, d'abord dans une maison voisine, puis, avec quelques secondes de retard, dans une autre, puis au faîte d'une église ; enfin, très loin, sur l'autre rive, douze coups, les derniers, sonores et mélancoliques, parurent dire : « Eh oui, c'est ainsi… Il faut se faire une raison… Une année encore est passée… Vous passerez aussi… »

La danse recommença. Antoine serrait contre lui le corps demi-nu d'Évelyne. Il lui était reconnaissant de cet appétit de vie qu'elle éveillait en lui, comme une source de joie descellée dans son cœur. Pendant quelques jours (mais cela, c'était du passé…), Marianne lui avait procuré cela…

« Une brève folie, cela passera au matin », songeait-il.

Ils chantaient tous, en dansant :

« 1920 est mort ! Vive 1921 ! Vive la nouvelle année ! »

Mais les invités partirent de bonne heure : une nuit de réveillon, on ne pouvait rester en place. Ni Antoine ni Marianne ne voulurent les suivre. On entendit les pas vifs descendre l'escalier, traverser la cour, s'éloigner et se perdre les voix joyeuses.

Antoine ramassa les disques jetés sur le tapis et une rose piétinée qu'il glissa dans une coupe encore pleine :

« Hein, Marianne ?… Le champagne vaudra bien l'eau pour elle, et je n'ai pas envie de bouger… Venez maintenant. Allons dormir… »

Ils fermèrent la porte qui séparait leur chambre du salon en désordre. Chez eux, le feu brillait ; le lit était préparé. Marianne plaça à côté du lit les deux assiettes de cerises déguisées qui avaient survécu au pillage ; elle alluma la lampe ; on entendait sonner les premières cloches de l'année. Jamais elle n'avait considéré ces murs avec tant d'amitié...

Elle plaignait Évelyne. Évelyne se débattait encore, elle... Elle peinait sur un chemin que Marianne connaissait, dont chaque pierre, chaque ronce l'avaient meurtrie.

« Mais moi, je suis arrivée, moi, je me repose », pensa-t-elle en touchant doucement son sein : malentendus, trahisons, larmes amères... joie aiguë et désespérée des commencements de l'amour ? N'était-ce au fond que cela ? Un petit enfant qui voulait naître...

Elle ôtait lentement ses bas ; Antoine se pencha pour baiser la jambe nue qu'elle avait posée sur le lit, mais il voyait Évelyne. Il passa la main sur son front. Cela durait encore ?

Ils se couchèrent l'un près de l'autre, séparés par leurs espoirs, leurs regrets, leurs rêves, mais unis par la chaleur des corps, par la douce torpeur du sommeil, deux en esprit, mais, déjà, une seule chair.

17

La dépêche attendue arriva bientôt :

« *Père très mal. Viens.* »

Antoine, cette fois encore, dut partir seul : Marianne avait un début de grossesse difficile ; pendant quelques jours, elle devait rester étendue. L'auto était en réparation ; Antoine dut aller à Saint-Elme en chemin de fer, ce qu'il détestait d'ordinaire et ce qui lui parut cette fois plus haïssable encore : l'inaction forcée était insupportable.

Saint-Elme se trouvait assez loin de la gare ; personne n'était venu le chercher, ignorant l'accident survenu à sa voiture. Il dut monter dans la vieille Delage d'un voisin, qui fit un détour pour le laisser à sa porte. L'auto marchait lentement, Antoine se rongeait d'inquiétude ; enfin, il reconnut la grille. Il sauta à terre, sonna de toutes ses forces.

« C'est la fin », dit Joseph avant qu'Antoine eût parlé.

Antoine monta directement dans la chambre de son père. Dans le petit salon qui la précédait se trouvaient sa mère, Pascal, Gilbert et leurs femmes. Oui, c'était Solange, cette longue femme blonde, pâle et mince, qui lui serrait la main; le faible choc de surprise qu'il ressentit fit qu'il l'aperçut, put entendre ce qu'elle disait, mais les autres n'étaient que de vaines ombres.

L'air de la chambre, après ces quelques kilomètres en voiture, dans les ténèbres et le vent de la nuit, lui parut étouffant. Ce ne fut qu'au bout de quelques instants qu'il sentit le froid, ces bouffées de fraîcheur humide, qu'aucun chauffage n'avait jamais pu faire disparaître complètement et qui restaient dans sa mémoire comme l'atmosphère même de Saint-Elme, la respiration de ses vieux murs.

Il s'approcha de son père, retenant son souffle et ses larmes. Le vieux Carmontel ne bougeait pas; sa tête était tournée vers la ruelle; seule, une épaule sous le drap était agitée d'un mouvement saccadé, terrible et presque grotesque. La tête sans force retombait hors du lit. Machinalement, Antoine avança la main, prit le visage de son père, voulut le reposer sur l'oreiller; il lui obéissait, mais aussitôt qu'Antoine le laissait, il glissait de nouveau, lui échappait, comme entraîné par un poids invisible vers la terre. Antoine s'était attendu à la glace et au marbre de la mort sous ses doigts, mais son père vivait encore et brûlait de fièvre. Sa mère entra sans bruit, s'assit près du lit et doucement posa la main sur le corps agité de convulsions. Puis elle se pencha à l'oreille du mourant, dit à voix basse, mais en articulant avec soin, les mots :

« Antoine est là... »

Puis :

« Désires-tu quelque chose ? »

Antoine vit remuer les mains, les bras du mourant, qui, comme ceux du nouveau-né, paraissaient ne pas lui obéir; il cherchait à exprimer un désir. C'était

121

visible maintenant. Une partie de son être semblait inconsciente, habitée déjà par une force étrangère, mais une parcelle demeurait à lui, son bien propre, et qui était, tout entière, désir. Il toucha le bois de la table, sa poitrine, dont la maigreur épouvanta Antoine, le drap.

« Mon Dieu, pensait Antoine, le cœur empli de remords, comment ai-je pu le laisser ? J'aurais dû être là, jour et nuit, compter chaque battement de son cœur, chaque soupir. Moi, son fils préféré !... Ah ! je mérite d'être puni. Mon enfant, plus tard, s'en chargera, sans doute », songea-t-il en s'agenouillant au pied du lit, la tête cachée dans ses bras.

Penchée sur le mourant, sa femme essayait en vain de comprendre son désir : elle crut qu'il voulait boire ; elle prit le verre, l'approcha des lèvres expirantes, mais il ne but pas ; ses dents heurtèrent la paroi du verre et il se détourna avec un faible mouvement d'impatience. Elle pensa alors qu'il montrait la lumière ; elle approcha puis éloigna la lampe du lit. Mais non... toujours non... Ce n'était pas cela... Enfin, avec un petit gémissement, il saisit la main de sa femme ; Antoine avait levé la tête et le regardait. C'était cela que son père voulait ; il se calma aussitôt ; elle, assise maintenant au bord du lit, tenait dans la sienne cette faible main agitée de soubresauts, et sur son visage sec et pâle coulaient des larmes. Les trois fils, immobiles, songeaient que, depuis leur naissance, ils n'avaient jamais surpris entre les parents une seule parole tendre ni d'autres caresses que les baisers glacés donnés au moment des départs en vacances ou les matins d'anniversaire. Tout à coup Antoine vit remuer les lèvres de son père ; il l'entendit exhaler un nom comme un soupir. Antoine crut comprendre « Manou… » ou « Manouche… ». Une autre femme, sans doute… C'était une autre femme que son père croyait voir… « Une femme qui vit encore ? pensa-t-il, ou morte, ou abandonnée… »

Sa mère baissa davantage le front, et les larmes coulèrent plus pressées sur son visage. La bouche du mourant remua ; il crut, sans doute, prononcer d'autres mots, mais seuls des soupirs étouffés s'échappèrent de ses lèvres.

Sa femme dit :

« Oui, mon ami, oui… »

Elle lui souleva un instant la tête, l'appuya contre son maigre sein. Pascal fit un mouvement pour la soutenir ; elle s'écarta de lui et reposa le visage qu'elle tenait entre ses mains bien droit et rigide sur l'oreiller ; elle ne se décidait pas à le laisser ; ses doigts, doucement, caressaient les joues pâles. Enfin, elle abaissa les paupières sur les yeux du mort. Penchée sur lui, défendant même aux enfants d'approcher, elle l'avait entouré de ses bras, gardé de son corps, réchauffé de son souffle, jusqu'au dernier instant.

18

Le train qu'Antoine avait pris, aussitôt après l'enterrement, s'était arrêté plus d'une heure aux portes de Paris : un wagon de marchandises avait déraillé, et on réparait la voie ; quand il repartit, ce fut avec une extrême lenteur.

« Tout s'en mêle », pensait Antoine.

Le visage tiré, vieilli en quelques heures, il marchait dans le couloir du wagon, regardait la vitre noire, où le gel se figeait en larmes immobiles et brillantes. Le train était surchauffé, mais Antoine avait froid, un froid subtil qui lui glaçait les os et s'insinuait jusqu'au cœur.

La mort de son père, la froideur, l'hostilité que lui manifestait le reste de sa famille, le sentiment que, quoi qu'il fît, il ne subsisterait plus entre lui et les siens que les formes hypocrites, traditionnelles de l'intimité familiale, lui emplissaient le cœur d'amertume. Et cette amertume même l'étonnait : il y voyait une marque de faiblesse. Lui, qui avait supporté avec tant de peine la contrainte de la famille, l'ennui qu'elle dégageait, lui, qui n'avait jamais aimé ni ses frères, ni sa mère, qui se l'était avoué si souvent, qui était si prompt à découvrir les ridicules de ses frères, qui n'avait jamais pardonné à sa mère sa préférence injuste à l'égard des autres enfants, de quoi souffrait-il maintenant ?

« Ils n'ont pas besoin de moi, et je n'ai pas besoin d'eux... Encore quelques discussions au sujet de l'héritage (et je prévois que les points litigieux ne manqueront pas), et rien ne m'empêche de n'avoir plus aucune relation avec eux, sauf une visite à ma mère de loin en loin, par décence, sachant qu'elle ne désire pas davantage... Pourquoi m'a-t-elle toujours marqué si peu de tendresse ? Les derniers-nés sont en général les préférés. Je n'étais pas plus méchant, je n'étais pas plus sot que les autres », pensait-il, retrouvant tout à coup et sans effort, intactes en son esprit, les vaines interrogations de l'enfant qu'il avait été. Il se rappela qu'à cinq ans il avait demandé à sa bonne s'il était vraiment « le fils de maman », s'il n'était pas un enfant trouvé. Après, tout cela s'était fondu, adouci. Les faibles liens qui l'attachaient à sa famille étaient suffisants pour qu'il ne sentît pas de coupure entre son passé et son présent ; cela donnait le temps aux mauvais souvenirs de perdre leur venin et aux bons de prendre la première place ; cela commençait à former dans sa mémoire cette conventionnelle image de bonheur qui est nécessaire à l'homme pour que le passé le laisse en paix. Mais voici que la mort du père et cet éloignement qu'il ressentait pour les êtres de son sang remettaient tout en question. De nouveau, comme au temps de l'adolescence, il se sentait déçu, frustré, seul...

« D'ailleurs, ni Pascal, ni Gilbert n'ont aimé papa », songea-t-il.

Il leur en voulait de la froideur qu'ils avaient témoignée, alors que son cœur à lui se déchirait.

« Ah ! voilà Paris », murmura-t-il, en apercevant enfin les lumières de la gare.

Il n'avait pas envie de rentrer… Ici, bientôt, les soucis d'argent l'accableraient. Car, de ce côté de la question, il ne se désintéressait pas. Il n'avait plus le droit de s'en désintéresser : il était marié. Il allait être père, à son tour. « Qu'est-ce qui me restera ? 100, 200 000 francs, d'après les explications de Pascal, la dernière fois ; je ne peux guère m'attendre à autre chose… » Ses dettes de jeune homme se montaient à la presque totalité de cette somme.

Enfin, enfin, on arrivait. Il songea qu'il ne rentrerait pas aussitôt : Marianne ne l'attendait pas avant le soir. Il déjeunerait seul, d'un sandwich et d'un verre d'alcool. La solitude d'un bar vaudrait mieux, pour lui, que la présence d'une femme.

Il sortit de la gare, prit un taxi, se fit conduire dans un bar où il avait eu l'habitude de se rendre avec Dominique. Voilà ce qui lui manquait, pensa-t-il. Comme il s'entendait bien avec Dominique… Pourquoi les femmes, le mariage étaient-ils venus compliquer une vie si agréable et si simple ? Mais, de toute façon, elle ne pouvait durer : il fallait l'argent, l'oisiveté complète qu'il ne pourrait plus se permettre. Il envia Dominique. Celui-là ne connaissait que des soucis d'ordre spirituel. « Les chagrins nobles, songea-t-il avec une ironie qui n'était pas exempte de fiel, et pour moi, les sordides, ceux que nous réprouvions, qui nous semblaient si peu en rapport avec la vie réelle, que nous agissions comme s'ils n'existaient pas. » Où était Dominique ? Il lui avait écrit, pour la dernière fois, d'Italie. Il ne parlait pas de retour.

Antoine avait bu un verre, un autre, avait mangé des frites froides. Puis il se leva. Il se sentait fatigué, écœuré, perdu. Il n'avait pas dormi pendant deux nuits, ayant veillé son père mort jusqu'à la limite de ses forces. Il rentrerait, se ferait dresser un lit au salon, se coucherait entre des draps frais et dormirait quelques heures. Il ne ferait que passer chez Marianne. Elle était encore couchée, sans doute. Le médecin lui avait recommandé le repos pendant le reste de la semaine.

Il ouvrit avec précaution la porte de la maison mais, dès le seuil, il entendit la voix de Marianne qui l'appelait.

« Vous n'allez pas plus mal, chérie ? demanda-t-il en s'approchant du lit où elle était étendue.

— Non, depuis hier je vais tout à fait bien, au contraire. J'aurais dû venir avec vous. Est-ce qu'il a beaucoup souffert ? » demanda-t-elle après un silence.

Antoine haussa les épaules :

« Est-ce qu'on sait ? Non, je ne crois pas…

— On l'a enterré ce matin ?

— Oui. Tout à l'heure.

— Je pensais que, peut-être, vous seriez resté jusqu'à demain avec votre mère… »

Ses lèvres se contractèrent ; il répondit avec froideur :

« Personne n'a besoin de moi, là-bas… »

Il la regarda ; elle ne connaissait rien de sa vie la plus intime, la plus profonde.

« Je vous ai fait préparer un bain », dit Marianne.

Il sourit avec gratitude. En cet instant, ce qu'il souhaitait le plus au monde était une baignoire pleine d'eau bouillante, et ensuite une douche glacée.

« Brave fille », dit-il doucement.

Il lui savait gré de se taire, de ne pas forcer ses confidences, de ne pas offrir de la pitié et de l'amour avant qu'il en eût demandé.

Après son bain, il revint dans sa chambre. Il s'assit à côté de Marianne sur le lit, l'entoura de ses bras. Il se taisait, s'appuyait contre l'épaule de Marianne, la poussait du front avec impatience, comme s'il eût cherché à pénétrer en elle, à se réfugier en elle, comme l'enfant qu'elle portait dans son corps.

Il dit enfin, si bas qu'elle devina plutôt qu'elle n'entendit :

« Ça fait mal… »

Jamais il ne s'était plaint à une femme.

« Quelle impudeur que le mariage », songea-t-il avec une irritation bizarre, tendre et honteuse.

Elle demanda :

« Et les autres ?

— Je ne veux plus les voir. Ils ne m'ont rien fait, mais je ne veux plus les voir. Je ne les ai jamais aimés. Il ne s'agit pas d'actes, ni même de paroles hostiles, mais de toute une atmosphère de froideur, d'hypocrisie, de suspicions intolérables. Ils s'imaginent que je ne regrette que la générosité de mon père, la vie facile, impossible désormais. Cela, c'est pour maman et Pascal. Quant à Gilbert, il me hait. Il croit qu'il me déteste à cause de Solange, à cause de tout ce que je sais de Solange, mais ceci même n'est qu'un prétexte. Il a pour moi cette haine irraisonnée et presque aveugle que l'on n'éprouve que pour les êtres de son sang. Je ne veux plus les connaître. Je ne veux plus les voir… »

Il se tut. Il avait honte d'avoir tant parlé, mais il se sentait plus léger, délivré comme après une crise de larmes.

« Faites-moi une place auprès de vous », demanda-t-il après un instant de silence, et d'une voix adoucie.

Sans répondre, elle se glissa contre le mur. Il se coucha près d'elle, ramena la couverture sur son corps. Il pesait lourdement sur le bras de Marianne. Il s'endormit enfin.

19

Albert Carmontel, dans sa jeunesse, avait fait partie d'une société qui s'occupait de la vente de pâtes à papier. Déjà au moment de la naissance d'Antoine il avait donné sa démission et cédé ses actions aux autres associés, parmi lesquels se trouvait son frère, Jérôme Carmontel, mort à présent depuis plusieurs années.

Enfant, Antoine avait souvent passé les vacances de Pâques chez l'oncle Jérôme, dans le Nord. Jérôme méprisait son frère, qui vivait de ses rentes, de la grosse fortune de sa femme, et qui élevait ses fils pour des professions libérales. Chez l'oncle Jérôme, Antoine prenait contact avec un monde différent du sien, d'apparence plus modeste, de vertus plus solides, mais qui lui paraissait étouffant. Pourtant, quand Antoine dut songer à gagner sa vie, quand, ses dettes payées, il se trouva à la tête d'un petit capital qu'il fallait faire fructifier, car il était insuffisant pour le faire vivre, ce furent, sans doute, ces anciens souvenirs qui dirigèrent sa pensée vers une industrie analogue à celle qu'il avait connue. Il se rappela que le père d'un de ses camarades, Jean Lennart, avait fondé une maison pour l'importation des pâtes de bois en France, et que, après sa mort, cette maison, honorable et gérée jusque-là avec précaution, était tombée entre les mains du jeune Lennart. Celui-ci n'avait pas tardé à justifier les noirs pressentiments de son père qui, sur son lit de mort, avait murmuré : « Cet imbécile va tout gâcher. » Depuis que Jean Lennart était en possession de l'affaire, elle avait déjà subi des pertes sérieuses, mais Antoine, il ne savait pourquoi, avait confiance en elle. Elle lui paraissait saine ; malgré tous les avis qui lui furent prodigués, ce fut à Jean Lennart, qui acceptait volontiers de l'argent frais, qu'il apporta le petit capital qui lui restait, et l'ancienne maison « Lennart et Fils » s'apprêta à devenir « Lennart et Carmontel ».

« Au fond, songeait Antoine, je n'y comprends rien. Mais les mots : pâte à papier, cellulose, rondins, etc., me sont familiers. »

Il se souvenait des déjeuners du dimanche, chez l'oncle Jérôme, quand les directeurs et leurs femmes étaient invités :

« Ils parlaient... je n'écoutais pas... Je me récitais des vers de Rimbaud ou je pensais à des filles caressées dans les bois de la Fourche. J'ai oublié jusqu'au nom de ces filles. Mais ces mots qui passaient près de moi sans paraître m'atteindre, ou que, les ayant entendus, je méprisais, voici que non seulement je les reconnais, mais que je les trouve... rassurants... Grâce à eux, je ne me sens pas perdu. Je dis d'instinct et à peu près ce qu'il faut, assez, du moins, pour impressionner cet idiot de Lennart. Voici que j'éprouve déjà à son égard des sentiments d'associé. D'ailleurs, quand je pense au sérieux de l'oncle Jérôme, il me semble inconvenant qu'une affaire vitale, considérable ait à son origine cette camaraderie de jeunesse, qu'entre Jean Lennart, que je rossais au collège pour lui prendre ses billes, et moi naissent des relations pareilles à celles qui liaient le solennel oncle Jérôme à Chartron, le gros Chartron, son associé, qui me pinçait la joue en m'appelant : "jeune homme". "Comment travaille-t-on, jeune homme ?" »

Il revit dans sa mémoire les deux vieux hommes qui s'enfermaient au fumoir après le dîner, et le silence qui tombait alors sur la maison. Tante Irène disait : « Enfants, pas de bruit. Votre oncle parle d'affaires… » Nous les méprisions de tout notre cœur, mais justement à cause de leur sérieux, et peut-être l'oncle Jérôme et Chartron parlaient-ils de femmes, ou de leurs familles, ou de nous-mêmes, enfants… Comme il faut avoir vécu pour découvrir des traits humains dans nos parents ou nos maîtres ! Et, sans doute, toute la vie est dans ce lent changement d'optique, songeait-il.

Le jour où enfin Lennart et Antoine établirent entre eux les bases d'un contrat, Marianne dînait chez les Segré. Antoine avait promis de venir la chercher vers minuit. Il fit la route à pied. Il marchait la tête occupée de chiffres, lorsque, en arrivant devant la maison des Segré, il leva la tête et se dit à lui-même :

« Regarde, tu as rêvé ces derniers mois. Tu es libre. Tu vas retrouver Marianne, une jeune fille, ta maîtresse. »

Autrefois, quand il arrivait ainsi, deux soirs sur trois on dansait chez les Segré. Il s'arrêtait alors, comme aujourd'hui, levait la tête et cherchait parmi ces ombres, sans profondeur, éclairées par la lampe, celle de Marianne dansant aux bras d'un garçon.

Il traversa le jardinet. Le chat blanc des Segré gardait le seuil. Antoine entra et, aussitôt, cette atmosphère amoureuse qui, pendant tant de soirs, l'avait enchanté lui fut de nouveau perceptible. Il ne savait pourquoi, mais dès qu'il eut revu les murs de l'atelier, aperçu la lumière de la lampe sous le portrait d'Évelyne enfant, il oublia Lennart, l'argent, le contrat, tout au monde, et fut envahi d'une émotion joyeuse et tendre, inexplicable.

« Je ne connais pas de maison qui ait, autant que celle-ci, un air de folie, de poésie et d'amour », songea-t-il.

Sur le seuil, il chercha des yeux Marianne. Elle était assise sur le canapé auprès d'Odile. Elle portait le deuil de son beau-père. Elle était alourdie et enlaidie par l'approche de la maternité : l'enfant devait naître dans quatre mois. On était en mars.

Antoine baisa les doigts de Marianne, demanda : « Ça va ? », mais, sans écouter la réponse, comprenant, par le sourire de sa femme et la pression forte et calme de sa main, que tout allait bien.

« Vous avez vu Lennart ? demanda-t-elle.

— Naturellement. On signe demain. »

Ils se sourirent amicalement, et il la quitta. Son beau-père lui offrit un verre de champagne. Chez les Segré, le champagne avait toujours coulé comme de l'eau. Antoine but avec plaisir. Bientôt, autour de lui, tout fut comme il l'avait toujours été. Segré et une des jolies femmes qui se trouvaient là disparurent. On baissa davantage les lumières ; on activa le feu. Les garçons s'assirent en cercle sur le tapis, aux pieds des femmes. Évelyne, seule, n'était pas en bas.

Antoine la chercha, inconsciemment d'abord, puis le cœur étreint d'inquiétude, de désir et de honte. Rien ne paraissait plus simple que de demander à Marianne, ou à Odile, où était leur sœur; mais il n'osait pas le faire.

Les rires des jeunes filles, les libres propos, cette demi-ombre l'irritaient maintenant. Il sortit doucement de la pièce; un vestibule précédait le salon; une lampe était allumée devant la glace. Là, en entrant et en sortant, les femmes jetaient un coup d'œil sur leurs visages et arrangeaient leurs cheveux. Là, il demeura longtemps seul, face à face avec son image, et l'expression de ses traits, mieux que le trouble de son âme, lui enseignait ce qu'il eût préféré ignorer. Il tentait de se rassurer, de se disculper.

« Je retrouve ici le goût des émotions passées… Évelyne, c'est presque un reflet de Marianne, jeune fille… Ça n'est pas autre chose. Cela ne peut être autre chose… »

Personne ne le voyait. Personne ne l'eût cherché là. Personne, d'ailleurs, ne se souciait de lui, dans cette maison où tous agissaient comme il leur plaisait, sans s'occuper d'autrui. Marianne elle-même paraissait l'avoir oublié. « Comme elle était bien de sa famille, de son clan, songea-t-il; comme elle se trouvait bien ici… » Il compara en esprit Marianne et Évelyne. Non par les traits, ni le corps, cela, il n'eût pas osé le faire, mais par l'intelligence et le caractère. Déjà, il ne voyait pas Marianne telle qu'elle avait été, mais telle qu'elle lui apparaissait aujourd'hui. Vive, intelligente, mais sans la prodigalité, la diversité des dons d'Évelyne. Évelyne excellait en tout : musique, sport, danse. Ses goûts et ceux d'Antoine étaient les mêmes.

« Toutes quatre sont musiciennes, pensa-t-il, mais Évelyne seule a le don. Elle s'habillait mieux que

Marianne. Marianne portait bien certains tailleurs, de petits costumes noirs, des cols de linon plissé, mais Évelyne, elle, dans sa robe de jais blanc, qu'elle était belle... et royale... Marianne pouvait être alternativement gaie comme une enfant, ou triste, maussade. Évelyne vivait, comme si chaque instant devait être le dernier, avec un plaisir désespéré. »

« Et c'est ainsi qu'on doit vivre », pensa-t-il, oubliant qu'il avait appelé Marianne « la Flamme », autrefois...

Tout à coup une voiture s'arrêta devant la grille du jardin. Antoine entendit s'ouvrir et se fermer la portière de l'auto, puis il reconnut le pas d'Évelyne. Elle monta rapidement les marches du perron et ouvrit la porte. Elle avait ôté sa fourrure, qu'elle tenait sur son bras ; elle portait une robe noire, serrée à la taille d'un ruban d'or. Elle aperçut Antoine, s'arrêta et dit tout bas, avec un accent de plaisir et de tendresse :

« C'est toi ? »

Puis :

« Ta femme est là ?... »

Il répondit, mais il n'entendait pas ses propres paroles. Il posa à son tour quelques questions machinales :

« T'es-tu amusée ? Je croyais que tu étais à la maison... Comme il fait doux, ce soir... »

Mais ni l'un ni l'autre n'écoutaient les mots inutiles prononcés par leurs lèvres, mais le son seul de leurs voix rauques, altérées, étranges. Leurs regards ne se quittaient pas. Enfin, elle fit un mouvement pour passer. Il s'effaça, mais avec tant de lenteur que leurs mains se touchèrent. Il lui effleura les doigts, les bagues, lui souleva les poignets jusqu'à ses lèvres, mais, sans oser leur donner un baiser, il les laissa retomber. Tous deux tremblaient.

Enfin, il murmura :

« Tu as rencontré ce soir ce garçon qui désire t'épouser ? »

Elle fit signe que oui.

« Il ne faut pas », dit-il encore plus bas.

Et son regard effrayé se détourna d'elle.

« Si tu ne l'aimes pas… laisse-le. »

Comme au soir du réveillon, sans qu'une parole eût été prononcée entre eux, sans un baiser, ils furent sûrs de l'amour, ou, du moins du désir qu'ils s'inspiraient l'un à l'autre. Cette voix assourdie, qui hésitait à prononcer certaines paroles insignifiantes, lourdes de sens pour eux, sa réponse à elle, presque un souffle : « Bien… », il ne fallait pas autre chose. Doucement, elle lui serra la main, puis Antoine revint près de sa femme et Évelyne monta dans sa chambre. Un peu après minuit, Antoine et Marianne partirent.

20

L'enfant d'Antoine et de Marianne, une fille, vint au monde un soir de juillet. L'été, en avance cette année-là, était crépitant d'orages, étouffant, ruisselant de pluies qui n'apportaient pas un souffle de fraîcheur à l'air embrasé.

Antoine avait commencé cette vie à deux plans qui devait être la sienne pour de longues années : Évelyne, d'une part, Marianne et la famille de l'autre. Ces deux plans n'étaient pas égaux. Évelyne avait la place qu'occupent la nuit et les rêves dans l'existence d'un malade, et où les hallucinations ont une telle force qu'elles supplantent la vie réelle, mais sans que jamais soit aboli ce caractère de mystère et d'étrangeté qui est leur marque propre.

En présence d'Évelyne, Antoine était lui-même, avec ses passions, sa faiblesse, sa cruauté, ses désirs sans frein. Entre Marianne et l'enfant nouveau-né, ou au bureau avec Lennart, il modelait déjà la forme de l'homme qu'il désirait être et que, plus tard, ses enfants verraient en lui, dont on dirait, après sa mort :

« Un homme calme, froid, prudent, sans grande vie intérieure… très différent du jeune homme qu'il a été… »

Il en était conscient par moments. « Entre vingt-cinq et quarante ans, songeait-il, tout homme modèle sa propre statue. »

Cet homme qui ressemblait à lui et qui n'était pas lui-même s'était réjoui de la naissance d'un enfant, avait été remué par la souffrance de Marianne, était heureux de la voir se rétablir, de constater la bonne santé et la croissance de sa petite fille ; elle était née depuis quinze jours maintenant. La garde n'était pas partie encore. Le soir, elle se retirait pour une heure, laissant l'enfant dans la chambre de Marianne, et les deux époux seuls ensemble.

Ce jour-là, la chaleur avait été particulièrement ardente ; on respirait à peine. Antoine écarta les rideaux, ouvrit les fenêtres. Un peu de vent s'éleva enfin sur le fleuve. Antoine eut peur pour l'enfant ; il releva avec soin la capote du moïse ; l'enfant dormait, rouge, serrant ses petits poings, avec cet aspect têtu, furieux et souffrant qu'ont les nouveau-nés. Antoine s'approcha du lit et caressa doucement la tête de Marianne. Elle sourit.

« Oh ! je voudrais tant que tout soit fini, que vous alliez bien déjà…

— Mais je vais très bien, fit-elle, et, en écoutant le bruit du vent qui soufflait plus fort et gonflait les rideaux : encore de l'orage…

— Vous avez vu beaucoup de monde aujourd'hui ?

— Solange est venue. Je crois que son mari va bientôt la séquestrer. Il l'a enfermée dans la maison qu'ils viennent de faire bâtir, à la campagne, et ce sont des scènes chaque fois qu'elle vient à Paris. Il n'admet pour elle aucune visite. Il prend prétexte de sa santé, mais, en réalité, il est jaloux. »

Elle s'interrompit, écouta les lointains grondements du tonnerre :

« L'orage... Ah ! s'il pouvait faire plus frais demain...

— Faut-il fermer la fenêtre, croyez-vous, chérie ?

— Non. Dès que la fenêtre est fermée, on étouffe. L'enfant est bien couvert ? Elle ne peut pas sentir le vent ?

— Non, c'est impossible, placée comme elle est. Elle dort. Qu'est-ce que c'est ? demanda-t-il en prenant l'ouvrage de Marianne qu'elle avait laissé tomber à terre.

— Une couverture de berceau. »

Mais il n'entendit pas sa réponse. Il tressaillait au bruit du vent. Quel orage allait s'élever !

« Je ne sortirai pas cette nuit », songea-t-il. (Évelyne l'attendait.)

Marianne ferma à demi les yeux :

« Oh ! j'ai hâte de pouvoir me lever, sortir. C'est étrange, je n'ai jamais éprouvé un tel désir de vie. Ce sont de vieux restes de jeunesse qui fermentent encore. »

Ils se turent...

Il songeait que, pour tous deux, le temps de la passion n'était pas fini encore, qu'ils n'étaient pas à l'âge où le cœur s'apaise, que tous deux, pendant de longues années, rechercheraient, poursuivraient cet état presque insensé de l'amour, mais l'un pour l'autre ils n'avaient plus ni tourments ni délices. Cela, c'était fini.

Mais il ne dit rien. Dès qu'ils commençaient à parler de choses délicates, profondes, et non des simples événements de la vie quotidienne, un sentiment de malaise se glissait entre eux. Mais ils se gardaient d'appuyer. Ils hésitaient, comme au seuil d'une chambre interdite et, pris de pudeur et de peur, se détournaient et se réfugiaient d'un commun accord dans les précieuses banalités de chaque jour.

« Votre mère a envoyé une belle corbeille à layette pour bébé…

— Ah ! mais oui, vous ne m'avez pas raconté sa visite d'hier. Elle n'a rien dit de désagréable ?

— Seulement que l'enfant vous ressemblait, et qu'elle serait difficile à élever, "si la ressemblance du caractère existait aussi", a-t-elle ajouté. »

Ils rirent tous deux. Une rafale de vent passait en gémissant sur la Seine.

« Il pleut déjà ?

— Non, mais ça ne va pas tarder. »

La garde frappa à la porte :

« Je viens prendre bébé… Il y a trop d'air dans votre chambre. »

Avant de pousser le berceau hors de la pièce, elle le présenta à Antoine et à Marianne. La petite s'était réveillée, mais elle ne criait pas encore, attendant pour cela la nuit et que tout reposât dans la maison. Elle avait de grands yeux d'un bleu sombre, et déjà des cils.

« Un émouvant petit animal », dit Antoine.

Il ne voulait pas quitter Marianne. Le silence de l'appartement, la clarté de la lampe, les mains de Marianne près des siennes, tout le retenait, l'endormait comme la chaleur du sein engourdit l'enfant. Il ne désirait plus rien ; les battements de son cœur se calmaient. Vivre sans revoir Évelyne était facile… Il savait que la garde le renverrait bientôt. Il se serra contre Marianne, pressant sa joue sur l'épaule nue.

Le bruit de la pluie était assourdissant. Ils se rapprochèrent l'un de l'autre. Leurs paroles paraissaient plus amicales et plus douces, prononcées ainsi de tout près, dans ce tumulte sauvage.

Ils parlaient de la garde, des exigences de Martin (Martin avait cessé d'être le redoutable gardien des paradis défendus : il était simplement un excellent domestique, mais qui avait ses caprices, qu'il fallait ménager, qui supportait mal le joug de Marianne, et ce changement n'avait pas fini de procurer à Marianne un sentiment d'étonnement ironique), d'un canapé qu'il fallait recouvrir, du visage de l'enfant.

« La coupe de ses yeux est exactement celle des yeux de ton père, Marianne. Comment va-t-il aujourd'hui ? »

Segré, en mai dernier, avait eu un accident d'auto et, depuis, il paraissait pâle, affaibli, mais personne ne voulait le voir, comme il arrive dans les familles où, pendant longtemps, par un heureux concours de circonstances, on n'a connu ni la maladie, ni la mort, où on croit les exorciser en les niant.

Marianne, qui était restée « très Segré », répondit :

« Ça ne va pas mal, je crois, mais il avait un peu de fièvre. »

L'orage s'éloignait ; les grondements du tonnerre étaient plus rauques et plus doux. Le torrent de pluie s'apaisait, s'éteignait.

La garde frappa à la porte :

« Il est temps de vous préparer pour la nuit, madame.

— Elle est odieuse, cette femme-là », fit Antoine entre ses dents.

Tout haut, il dit :

« Mais certainement, je m'en vais... Bonsoir, madame Leroy... Bonsoir, Marianne... »

Il baisa la main de sa femme avec tendresse.

« Dormez bien. Bonne nuit.

— Vous ne sortez pas ?

— Non. Je ne crois pas. Non. Peut-être. »

21

Il revint chez lui, s'approcha un instant de la fenêtre qui donnait sur la Seine. Tout était sombre au-dehors. Des nuages bas couraient à l'horizon et leurs flancs lourds et cuivrés étaient illuminés par de brefs éclairs. L'enfant s'était réveillée ; elle pleura quelque temps, puis se tut. Antoine prit sur la table la montre, la monnaie, le briquet, les clés qu'il avait jetés là en entrant. Il glissa sous la lampe la petite note préparée tous les soirs, au cas où Marianne eût eu besoin de lui dans la nuit :

« J'ai mal à la tête, chérie. Je ne veux pas vous réveiller. Je sors prendre un verre à la terrasse d'un bistro quelconque. Je rentrerai de bonne heure. *Love*. – A. »

Il vérifia avec soin le trousseau de clés et la chaîne qui les retenait. Il éteignit la lumière et sortit sans bruit. La pluie, qui avait cessé un instant, redoublait à présent de violence ; son visage et ses vêtements eurent le temps d'être trempés de pluie dans le court trajet de la maison au garage. Il sortit l'auto. Avant de partir, il jeta un regard en arrière, sur sa maison. « Pourvu que tout aille bien, cette nuit, que Marianne dorme bien, qu'elle n'ait pas de fièvre... Que l'enfant... »

Cela, la maison, Marianne, l'enfant, c'était le bonheur, peut-être ? Peut-être, car ce qu'il ressentait surtout, avec de rares moments de paix, délicieuse, c'était une éternelle inquiétude, ce tremblement qui saisit l'homme lorsqu'il se voit, lui, faible être humain, chargé de procurer le pain, la sécurité, le bonheur, à d'autres, plus faibles encore que lui-même... Mais enfin, cela pouvait passer pour le bonheur... Que c'était peu de chose !... Dans la rue des Segré il s'arrêta devant la grille du jardin, fit marcher le klaxon selon le signal convenu, recula, cacha l'auto dans l'ombre, attendit. Elle ne venait pas. Il arrêta le moteur, descendit. Il ne se souciait pas de la pluie, du vent qui lui soufflait furieusement au visage. Quelle nuit... Où passeraient-ils ces heures volées, ces brefs moments avant l'aube ? Ah ! où était-elle ? Plus vite, plus vite... Il la suppliait dans son cœur :

« Viens. Plus vite. Je veux te voir, te toucher. Viens. »

Enfin, elle sortit en courant de la maison. Elle avait jeté un imperméable blanc sur sa robe, mais sa tête était nue. Il entrouvrit la portière de l'auto. Une force aveugle sembla les jeter l'un vers l'autre. Ils étaient sous les fenêtres des Segré. À chaque instant, quelqu'un pouvait sortir de la maison et les apercevoir, dans l'abri précaire de l'ombre, unis sans un mot, sans même s'embrasser, mais accrochés l'un à l'autre, comme emportés par un torrent furieux.

« Tu viens ? » murmura-t-il enfin.

Elle parut hésiter ; elle répondit :

« Pas cette nuit...

— Comment ? Mais je le veux ! »

Oh ! maintenant qu'elle était là, songer qu'il ne pourrait pas la caresser, l'aimer, cela était… intolérable.

De toutes ses forces, il la serra contre lui. Elle dit tout bas :

« C'est bien. Allons. »

Ils partirent. Ils passaient la nuit dans un appartement du château de Madrid, où Dominique, autrefois, retrouvait Solange.

Ici, ils étaient tranquilles, mais, à chaque instant, ils s'arrachaient des bras l'un de l'autre pour regarder la montre d'Antoine, laissée au chevet du lit.

« Encore deux heures… Encore une heure… Encore… »

C'était presque le matin. « Bientôt, pensait Antoine, chez moi, la maison s'éveillera. » Il fallait rentrer. Tout bas, haletants, ils formaient des plans, des projets.

« Demain ?

— Oui, mais un instant seulement, à six heures.

— Je t'attendrai.

— Quand pourrons-nous dîner ensemble ?

— Quand pourrons-nous rester un jour ensemble ?

— Et une nuit, mon amour, toute une nuit… .

— Pas comme celle-ci, en tremblant, en regardant l'heure à chaque seconde… Oh ! quatre heures déjà ! Il fait jour !

— Que je hais cette saison. L'hiver, la nuit est si longue, elle vous protège, elle vous cache… Entends-tu les gens qui dansent dehors ? Toute une nuit ensemble, paisible, loin de Paris… S'éveiller ensemble…

— Mais c'est impossible.

— Écoute, viens demain… »

145

Il n'osa pas dire « voir Marianne… ».

« Viens dîner. Ainsi, à six heures, cela ne serait que quelques instants, mais si tu viens, je te verrai, je te garderai tout un soir…

— Mais chez toi, cette garde ne nous quitte pas des yeux. On dirait qu'elle se doute…

— Mais non, non… Qu'est-ce que ça fait ? Il est quatre heures, Évelyne ! Je dois rentrer… »

Ils parlaient à voix basse, leurs visages, leurs bouches se touchaient. Leurs paroles étaient précipitées, haletantes, à demi un souffle, à demi des baisers.

« Demain ? Tu viendras demain ?

— Je ne sais pas. Papa est plus mal. Je ne sais pas si je pourrai venir. Déjà cette nuit… »

Elle s'était levée ; elle s'habillait à la hâte. Ce beau corps n'avait pas besoin de longs instants pour se vêtir. Elle ne portait pas de ceinture. Les seins étaient nus sous sa robe. Il revit Marianne, si lente, si lourde, ces derniers mois, songea qu'il était infâme, baisa la gorge d'Évelyne.

« Laisse, mon amour », murmura-t-elle.

Il remarqua enfin sa pâleur. Il demanda :

« Mais qu'est-ce qu'il y a ? Qu'est-il arrivé ? C'est à cause de ton père que tu ne voulais pas venir ? Pourquoi ne m'as-tu rien dit ?

— Ah ! c'est que je *voulais* venir, fit-elle tout bas.

— Mais enfin, qu'est-ce qu'il a ?

— Eh bien ! tout à l'heure… non, fit-elle en tressaillant, en regardant la montre : hier au soir, il a été pris d'une crise de toux, et il a… il a rendu un peu de sang.

— Est-ce que le médecin est venu ? »

146

Elle cacha brusquement son visage dans ses mains :

« Il allait venir. Je n'ai pas attendu.

— Mais, Évelyne, si cette nuit on t'appelle… »

Elle répondit d'une voix dure :

« On ne me trouvera pas, voilà tout.

— Moi aussi, dit-il après un instant de silence, moi aussi, j'ai tout laissé pour toi…

— Il vaut mieux ne rien dire à Marianne, fit Évelyne plus doucement ; à quoi bon l'inquiéter ? Elle l'aime.

— Toi aussi, tu l'aimes, mon pauvre amour…

— Ah ! je n'aime plus personne d'autre au monde, dit-elle avec une véhémence sauvage, en se pressant contre lui : toi seul… Est-ce que tu crois que c'est grave ?

— Je ne sais pas. Et toi ?

— Moi, je crois qu'il est perdu. »

Il s'aperçut alors qu'elle pleurait. Il la prit contre son épaule, la berça. Pourtant, il n'avait pas pitié d'elle. Sa pitié, sa douceur, c'était l'autre – Marianne, sa femme – qui les connaissait. Celle-ci, il la désirait trop pour ne pas jouir d'une souffrance qui la livrait davantage à lui, qui la détournait de penser à d'autres hommes. Il eût aimé lui faire mal.

« Comme autrefois Marianne, songea-t-il ; autrefois… Plus maintenant. Elle est ma femme, et quand je la fais souffrir, c'est moi-même que je frappe. Elle est à moi, mais celle-ci… » Ah ! elle n'était pas à lui, hélas ! Elle restait si libre, si étrangère à lui !

Il pressa sa bouche contre les lèvres d'Évelyne :

« Tu viendras demain. Même s'il va plus mal, même s'il meurt… Jure-moi que tu viendras demain. »

22

Mme Carmontel, depuis la mort de son mari, ne recevait plus ses enfants à dîner le dimanche. Elle se faisait mettre au lit dès six heures ; on lui servait un repas léger, et la femme de chambre restait auprès d'elle jusqu'à ce qu'elle s'assoupît. Cette femme avait été à son service depuis dix-sept ans ; c'était une fille travailleuse, avare, taciturne ; elle cousait comme une fée ; elle était au courant de toutes les maladies de Mme Carmontel ; elle savait trouver d'un seul coup, dans les paquets d'ordonnances vieilles de cinq, dix ans, celle qu'un caprice de sa maîtresse désirait exhumer ; elle connaissait les enfants depuis leur adolescence ; elle avait soigné et veillé Albert Carmontel ; elle était devenue pour la vieille femme le seul être au monde qui lui rendît la vie tolérable, le seul avec lequel elle goûtait des moments de paix. « Sous l'influence de Joséphine, disaient ses fils, maman devenait avare, elle amassait inlassablement des valeurs. »

Mme Carmontel s'absorbait dans de profonds calculs :

« Combien coûtait la Royal Dutch au dernier cours ? J'ai oublié. Les enfants se moquent de moi, mais c'est à eux que je pense. Tandis qu'eux…

« Quand donc M. Antoine est-il venu pour la dernière fois, Joséphine ?

— Oh ! cela va faire trois mois, Madame...

— Du temps du pauvre Monsieur, on le voyait plus souvent...

— Ce n'était peut-être pas tant l'affection qui le guidait, Madame... »

Berthe Carmontel poussa un petit soupir qui exprimait à la fois une parfaite compréhension des paroles de sa femme de chambre (« Vous ne m'apprenez rien de nouveau, ma pauvre fille », semblait-elle dire), mêlée à la réserve de la patronne, qui ne montre sa pensée secrète que dans certaines limites, et au sentiment chrétien du pardon des injures. Elle serra les lèvres, et ce petit pincement de la bouche fanée signifiait :

« D'ailleurs, je suis une mère, et une mère s'offre en holocauste... »

Elle était assise dans son lit, confortablement adossée à deux grands oreillers, les épaules couvertes d'une matinée en soie matelassée d'un bleu éteint, les cheveux bien coiffés formant une coque sur son front. Elle tricotait une couverture pour l'enfant d'Antoine, et, sur une petite chaise basse, près du lit, Joséphine, en robe noire, son maigre corsage recouvert de la bavette blanche de son tablier, faisait des jours dans une chemise de nuit de sa maîtresse.

À Saint-Elme, Berthe Carmontel n'avait jamais pu dormir une nuit entière sans cauchemars, sans cris, sans étouffements, mais ici, elle était calme. Elle se portait même mieux qu'elle ne l'avait fait depuis les dix-sept ans que Joséphine était entrée dans la place.

« Cela arrive souvent avec des nerveux du genre de Madame, disait Joséphine à l'office ; un choc qui vous retourne les sangs purifie l'intérieur et finit par faire du bien. »

En parlant de Joséphine, Mme Carmontel disait :

« C'est une fille dévouée, elle se jetterait à l'eau pour moi. »

Comme l'enfant a besoin, pour être heureux, de se sentir aimé, à l'exclusion de tout autre, par sa mère ou par sa nourrice, chaque être humain se résigne aisément à la froideur, à l'indifférence des autres hommes, à condition qu'en un ou deux cœurs, du moins, lui seul règne. À mesure que l'on vieillit, et malgré toutes les fictions consolantes d'amour filial et conjugal, on sait bien, on sait tous les jours davantage, que la domination sur ces cœurs s'affaiblit, que l'on ne vous aime plus, que l'on vous plaint, que l'on vous respecte, que l'on vous supporte, mais que votre présence, votre souffle ne sont plus nécessaires à personne.

Pour Berthe Carmontel, depuis le mariage de ses fils, il ne restait plus au monde que deux êtres dont elle fût sûre : le petit Bruno, le fils aîné de Pascal, et Joséphine. (Elle n'avait jamais été sûre de son mari. C'était là son mal.) Lorsqu'il lui arrivait, à certains instants, de soupçonner que Bruno, depuis qu'il allait au lycée, s'ennuyait auprès d'elle, ou que Joséphine était moins attachée à elle-même qu'à la maison, à l'office aux grands placards, à la claire lingerie, à la routine d'un service de dix-sept ans, elle éprouvait un sentiment funèbre et écrasant de la vanité de toutes choses qui se traduisait dans son cœur en un désir de mort, dans ses actes en multiples manies et exigences.

Elle n'était satisfaite de rien alors ; elle se sentait plus malade ; elle croyait que la Royal Dutch elle-même, un jour, pouvait voir fléchir son cours. Le monde vacillait.

« Passez-moi le ruban bleu, demanda-t-elle en montrant la couverture terminée ; il vaut mieux la border d'un ruban.

— Madame ne croit pas qu'elle a assez travaillé ? »

Berthe Carmontel ne répondit pas aussitôt ; elle laissa retomber son ouvrage sur le lit.

« Vous vous rappelez, Joséphine, la parure du berceau, la couverture, la taie, le manteau que j'avais brodés pour Bruno ? Tout en satin matelassé et piqué ; quel travail !

— On n'en a guère eu de la reconnaissance pour Madame », dit Joséphine.

Mme Carmontel savait que cet *on* désignait sa bru Raymonde, que toutes deux ne pouvaient souffrir.

Les deux femmes se turent. Elles sentaient qu'elles allaient aborder des sujets brûlants, qui faisaient le fond de ces conversations du soir, mais dont elles ne traitaient qu'avec la plus extrême prudence.

Joséphine baissa les yeux :

« M. Gilbert n'a pas bonne mine, commença-t-elle.

« M. Gilbert, c'est le souci que lui cause sa femme qui le ronge.

« La santé de Mme Gilbert est meilleure pourtant, oh ! bien meilleure… Mais M. Gilbert, c'est un si excellent cœur.

« Je me rappelle, dit Joséphine, quand mon neveu, que Madame connaît, le fils de ma sœur, s'est marié… »

151

Mais ici Mme Carmontel lui coupa la parole, d'abord parce que la famille de Joséphine ne l'intéressait pas, puis parce qu'elle trouvait quelque chose de choquant à l'idée même que Joséphine pût avoir une famille et lui donner une pensée; enfin, parce qu'elle désirait parler de Gilbert.

« M. Gilbert est si sensible, si nerveux. Personne ne peut le comprendre. Je puis dire que moi seule le connais, hélas !

— M. Antoine, lui, c'est un autre genre… »

Mme Carmontel, pressentant que Joséphine avait connaissance d'un fait qu'elle-même ignorait, lui lança un vif regard, aussitôt détourné, mais Joséphine se tut. Confidence pour confidence, elle ne parlerait que lorsqu'elle saurait tout ce qui concernait le ménage de Gilbert.

« Ce qu'il faudrait à Mme Gilbert, c'est un bébé… Les enfants, il n'y a rien de tel pour consolider l'affection.

— Point trop n'en faut…

— Certainement, mais un ou deux… c'est nécessaire.

— Je l'ai dit à M. Gilbert. Quand il est venu l'autre jour se plaindre que sa femme paraissait s'ennuyer (quelle idée aussi de s'enfermer toute l'année à la campagne !). Je lui ai dit : "Mon enfant, ce qu'il faut à ta femme à présent, c'est un bébé…" »

Elle se tut un instant, se rappelant le regard de Gilbert…

« Il paraîtrait, dit-elle légèrement, que le docteur l'a défendu.

— Défendu ? Mais je croyais que Mme Gilbert allait tout à fait bien maintenant ?

— Oui, mais il paraît qu'elle est fragile de ce côté-là, dit Berthe Carmontel, en pliant doucement la couverture blanche. "Elle ne doit pas avoir d'enfants, maman, avait dit Gilbert ; tous les médecins sont d'accord. C'est un risque terrible pour elle." »

« Mais cela seul aurait le pouvoir d'apaiser Gilbert, songeait Mme Carmontel ; la savoir paisible, laide, malade, à sa merci. Qu'avait-il dit encore ? "Nous étions si heureux en Suisse…" Oui, sans hommes autour d'eux, sans jalousie, sans ces vaines attentes lorsqu'elle passait la soirée à Paris, sans redouter ce voyage à Londres qu'elle projetait pour Noël (Dominique était à Londres)…

« "Mais je ne peux pas risquer sa vie, maman", avait-il dit. »

« Oui, fragile de ce côté-là, c'est possible, mais, comme je l'ai dit à M. Gilbert : "Les femmes sont plus solides qu'on ne le croit. Il arrive souvent que l'on dise de telle ou telle : oh ! elle ne pourra jamais avoir d'enfants ! C'est une petite santé… Et puis, elles ont de beaux poupons, et ne s'en portent pas plus mal… Et parfois une belle et jeune femme succombe." D'ailleurs, à la place de Mme Gilbert, il me semble que si j'aimais mon mari, je préférerais courir un danger et être comme tout le monde, subir le sort commun. En tout cas, ce qu'il y a de sûr, c'est qu'une jeune femme comme elle aurait besoin d'une maternité pour donner un but à sa vie. Sans ça, que se passe-t-il ? Elle s'ennuiera de plus en plus. M. Gilbert sera malheureux. Tout cela finira par un divorce, ou, pire est, par des années de malentendus, de querelles, tandis que le risque et ce que disent les médecins…

« — Ah ! il est certain que s'il fallait croire à ce qu'ils disent ! »

Mme Carmontel avait repris machinalement son ouvrage et toutes deux travaillaient avec une vitesse prodigieuse : l'agréable excitation qu'elles ressentaient se traduisait par une activité accrue, une finesse plus grande de la vue, de l'ouïe, du toucher, l'oubli de la fatigue et du sommeil.

Depuis longtemps, elles avaient cessé d'être des femmes, mais voici que de vieux souvenirs, de lointaines émotions, décantées, adoucies, délivrées de leur venin, s'éveillaient en elles. Un instant, le poids des années, lui-même, s'allégeait. Elles soupiraient, parlaient plus bas :

« On a beau dire : de mon temps, les femmes étaient plus courageuses. Moi, j'ai failli mourir à la naissance de M. Antoine... Ah ! s'il savait, si les enfants savaient les peines, les souffrances qu'ils nous causent, ils seraient moins ingrats », murmura-t-elle, se souvenant de ce cruel passé : les opérations, la douleur, la peur, les nuits sans sommeil, la maladie qui cache d'abord son véritable visage, n'apparaît qu'à demi, conciliante, docile, va céder, semble-t-il, aux injonctions du médecin, disparaître, mais qui, peu à peu, s'installe, usurpe toute la place, prend une part de plus en plus grande de la vie, devient la vie elle-même.

« Tout ce que j'ai souffert... Tout ce que j'ai enduré, mon Dieu, tout ce que je ne cesse d'endurer chaque jour... »

Elle songea aux nuits sans sommeil, où elle attendait Albert, qui s'était détaché d'elle, qui se lassait de vivre auprès d'une malade, qui allait vers d'autres femmes...

Pourquoi une autre serait-elle plus heureuse qu'elle ne l'avait été ? pensa-t-elle. Pourquoi Solange aurait-elle des passions délicieuses, l'amour de son mari, sa jalousie, ses soins, et laisserait-elle aux autres le mal et l'amère solitude ?

« Moi aussi, j'étais une jeune femme… Moi aussi, j'aurais aimé à vivre sans soucis, à danser, à être courtisée, murmura-t-elle, piquant la laine de son aiguille comme si elle l'eût enfoncée au cœur de Solange : moi aussi… Ce serait trop commode s'il fallait esquiver toutes les obligations, tous les devoirs… Je l'ai dit à M. Gilbert : "Mon enfant, tu feras ce que tu voudras, cela ne me regarde pas, je suis une vieille femme, mais si j'étais toi, je ne dirais rien à ta femme de l'avis des médecins (on le lui a caché pour ne pas l'impressionner), et j'aurais des enfants, m'en remettant à la divine miséricorde de Dieu…" Un enfant de Gilbert, dit-elle tout à coup, et un flot de tendresse envahit son cœur, adoucit ses traits, sa bouche dure : qu'il était beau quand il était petit ! Et si sage… Les deux autres étaient des braillards, mais M. Pascal, c'était la santé qui le poussait à crier, tandis que M. Antoine, c'était plutôt la méchanceté. Il criait des nuits entières. Pas une nourrice n'y résistait. J'en ai changé quatre les deux premiers mois… Il a toujours eu le caractère difficile…

— À propos de M. Antoine, dit Joséphine en affectant l'indifférence, Madame sait qui j'ai rencontré l'autre jour ? Martin…

— Ah ! vraiment ? murmura Mme Carmontel avec une brûlante curiosité, et que vous a-t-il raconté ?

— Oh ! on a parlé de choses et d'autres… Il paraîtrait que M. Antoine s'est fort attaché à sa belle-famille, par-

155

ticulièrement à une des sœurs de Mme Antoine, la plus jeune, et qu'on les voit très souvent ensemble... »

« Ah ! c'est donc ça », songea Mme Carmontel.

Elle avait su ce qu'elle voulait savoir. Elle avait pour cette nuit sa ration de pensées, d'inquiétudes et d'émotions. Elle craignit tout à coup l'excès de la fatigue. Elle se força à travailler pendant quelques instants sans parler et sans penser, et le mouvement de ses mains finit par la calmer.

Joséphine, elle aussi, se taisait. Toutes deux se sentaient plus heureuses, plus légères, détendues, préparées pour la nuit et les rêves.

Quand Mme Carmontel s'adressa de nouveau à sa femme de chambre, ce fut sur un ton distant, qui indiquait la fin des confidences, le retour aux convenances et aux traditions.

« Allons, ma fille, je crois qu'il est temps de tout ranger...

— Oui, Madame...

— Hier, le tilleul n'était pas assez chaud, ni assez sucré...

— Bien, Madame...

— Demain, je commence la nouvelle poudre du Dr Budin.

— Est-ce que Madame désire sa potion tout de suite ? »

Les rites du soir, un à un, s'accomplirent.

23

La maladie de Segré retint sa famille à Paris tout l'été. Pour Marianne et l'enfant, Antoine loua un pavillon dans la forêt de Compiègne : lui-même, ainsi, était libre.

Le travail d'Antoine devenait de jour en jour plus absorbant; son associé, Jean Lennart, était frivole et vain comme une femme, incapable d'un effort suivi; tout le poids d'une affaire difficile retombait sur Antoine. L'été était accablant. L'extrême chaleur et la fatigue maintenaient Antoine dans un état de surexcitation nerveuse qu'Évelyne seule pouvait apaiser.

Les nuits où Évelyne et lui couchaient dans l'appartement vide, les quelques heures où il leur arrivait de s'échapper hors de Paris, leurs rendez-vous de plus en plus rares et brefs dans la rue, entre deux portes, dans la maison des Segré, étaient marqués d'un bonheur presque effrayant.

Tous deux se ressemblaient en ceci que lorsqu'ils se trouvaient seuls, ensemble, ils pouvaient écarter d'eux jusqu'à l'ombre d'un remords. Ils n'avaient ni honte, ni vergogne. Ensemble, ils retrouvaient la ferveur de l'adolescence, qui ne vit à l'aise que dans l'excès des sentiments, lorsque le désir du corps est si véhément, si puissant alors qu'il étouffe la faible protestation de l'âme.

Dans l'appartement désert, débarrassé de tapis, de tentures, où leurs pas faisaient crier les lames du parquet, où tout parlait de Marianne, jamais son souvenir ne les effleurait. Évelyne, surtout, savait s'abandonner à l'instant présent, fermer les yeux et se laisser emporter comme par les flots de la mer.

Au commencement de l'automne, trois jours avant le retour de Marianne, Antoine et Évelyne étaient capables encore de ne pas songer à ce retour, de l'oublier, de l'effacer complètement de leur esprit, mais ces jours passèrent. Il ne restait plus qu'un soir, qu'une nuit.

Ce soir-là, Antoine avait donné rendez-vous à sa maîtresse dans le petit square, où, autrefois, Marianne l'attendait. Le temps, depuis près d'une semaine, avait changé; l'été implacable s'adoucissait, fondait en pluie. Vers six heures, quand arriva l'instant du rendez-vous, un brouillard, léger d'abord, puis plus dense, plus sombre, sembla s'élever du sol. Tout prit instantanément un air d'automne. Les feuilles humides tombaient et imprégnaient l'air d'une odeur amère, délicieuse, d'eau, de terre, de brume.

Bientôt, la nuit tomba. Dans ce quartier tranquille, les passants étaient rares; Antoine entendait chaque pas qui se dirigeait vers les grilles, mais ce n'était pas celui qu'il connaissait si bien, qu'il eût reconnu entre mille au moment de la mort...

Il allait et venait, passait devant le banc où, parfois, il avait attendu Marianne, deux ans auparavant...

(Seulement deux ans ? songeait-il), où, plus souvent, elle l'avait attendu. Le square était vide, les enfants partis, personne sur les bancs, pas un cri, pas un pépiement d'oiseau... C'était le plus triste automne brusquement surgi.

Il frappa machinalement le sol du pied ; dans cette partie du square se trouvait le sable réservé aux enfants ; la pluie des derniers jours l'avait mêlé d'eau et de terre ; il s'était transformé en une glaise jaunâtre, qui ressemblait à la boue tenace des cimetières et des tranchées. Ah ! ce temps-là, la guerre, comme c'était loin déjà... « J'étais plus sage, alors, songea-t-il, plus vieux... De l'amour, je ne cherchais que le plaisir. Maintenant... »

Il mesurait avec effroi la force de son attachement pour Évelyne. « Pourtant, un jour, elle me quittera... Cette aventure, pour elle, ne peut être qu'un épisode qui, dans dix ans, lui fera honte, qu'elle ne comprendra pas plus que Marianne, déjà, ne comprend la jeune fille qu'elle a été.

« Oui, dans dix ans, Évelyne mariée, vieillie, calmée, pensant : "J'étais folle...", me regrettant peut-être, car on regrette sa jeunesse même insensée, même coupable, mais Évelyne heureuse, apaisée, une autre femme que je ne puis même imaginer. Marianne, voici une femme que je connais, dans l'instant présent et dans le futur. Je peux savoir à peu près ce qu'elle sera à quarante, à cinquante ans dans ses relations avec moi, avec son enfant... Comme je peux imaginer son corps dans dix, vingt ans d'ici (ses cheveux blanchiront de bonne heure, elle a déjà quelques fils blancs... elle sera trop maigre, le cou trop long, fané de bonne heure, les yeux resteront beaux), de même il m'est facile de la voir à l'avance dans ses actions, et presque dans ses pensées. Bientôt, elle cessera d'être amoureuse de moi, mais jamais elle ne m'abandonnera. Elle changera, certes, mais ce changement ne peut s'accomplir que dans une seule direction prévisible, tandis qu'une fille comme Évelyne est un être multiple, incertain, divisé, qui enferme en elle toutes les possibilités, qui peut devenir la pire des grues ou la plus chaste des épouses, ou une malade comme Solange, ou une demi-folle comme ma mère... Le fait qu'elle est ma maîtresse ne change en rien ceci. Le mariage seul, sans doute, fixera en elle des traits qui, alors, demeureront immuables. »

Il imagina tout à coup un dîner, chez les Segré, dans dix ans d'ici :

« Dix ans, cela passe si vite... Il y a dix ans, en 1912, cette plage du Nord, ces filles couchées avec moi sur les dunes. C'était hier. De même, dans dix ans, mon Dieu, je la verrai, elle, changée, apaisée, heureuse, indifférente. Certes, elle aura honte de moi. »

De nouveau il songea à Marianne :

« A-t-elle honte seulement ? Non, elle a oublié. Elle a tout oublié. Elle s'inquiète parce que son lait baisse, parce que l'enfant n'augmente pas assez, parce qu'on n'a pas livré le service à gâteaux... Marianne, qui m'attendait ici même, comme j'attends maintenant... en vain... Marianne, docile, ardente, amoureuse, si complètement à moi, à ma merci, qu'un mot de moi l'eût fait quitter sa maison, sa famille, partir avec moi où bon m'eût semblé. Marianne qui, maintenant, m'appelle : "Mon pauvre petit", qui est sûre de moi, si sûre, malgré toutes les apparences, avec raison...

Ainsi, Évelyne, plus tard, au bras d'un époux, passant ici même, pensera : "J'ai pu agir ainsi, moi ?…" »

« Je devrais le souhaiter, songea-t-il encore : car, autrement, que deviendrions-nous ? »

Par moments, il s'arrêtait dans sa marche, regardait l'heure à la flamme de son briquet ou à la lumière d'un bec de gaz, qui perçait le brouillard. Sept heures, huit heures… Mais il ne partirait pas. Il l'attendrait. C'était le dernier soir.

Elle ne vint pas, cette nuit-là. Au moment où Antoine quittait ce jardin, où il avait, à son tour, attendu en vain, Segré, avec un soupir douloureux, avec un suprême effort pour voir, entendre, se souvenir, Segré, épuisé, mourait.

24

L'hiver 1923-1924 passa, pour Antoine et Marianne, avec une rapidité effrayante. Ils eurent un fils qu'ils avaient ardemment désiré. L'enfant était faible, criait sans cesse, réclamait des soins incessants. L'existence d'Antoine semblait formée d'instants arrachés avec effort, avec douleur, au travail ou à Marianne, et donnés à sa maîtresse, instants si brefs que toute joie en était à l'avance empoisonnée.

Depuis quelques années déjà, les Segré étaient à peu près ruinés, mais ils avaient continué à vivre comme par le passé. À la mort de Didier Segré, de vieilles dettes avaient accablé la veuve. Régine était partie pour Londres, où, avec une amie, elle avait ouvert un petit magasin d'antiquités. Odile était mariée. Évelyne partageait l'existence de sa mère qui dépensait follement le peu qui leur restait à toutes deux. Marise Segré comptait pour Évelyne sur un brillant mariage, mais, par la force des choses, c'était Antoine qui entretenait la mère et la fille. L'affaire d'Antoine était bonne (les années étaient faciles et la Bourse lui venait en aide), mais chaque fin de mois était, malgré tout, un problème, sans compter toute l'amertume et la gêne que ces questions d'argent mettaient dans les rapports déjà si étranges et pénibles d'Antoine et de sa maîtresse. Il était trop jaloux d'Évelyne pour lui permettre le travail ou le mariage. Lui-même travaillait jusqu'à l'extrême limite de ses forces, traînant derrière lui son associé Lennart, comme un poids mort. Il était arrivé à un tel degré de lassitude que, parfois, certains soirs passés avec Marianne, tous deux sans parler, elle, préoccupée de l'enfant, et lui, des multiples difficultés de la vie, étaient ses seuls véritables moments de repos. Ils se couchaient tous deux, presque aussitôt après avoir dîné; étendus côte à côte dans la chaleur du grand lit, ils parlaient à mi-voix des sujets les plus futiles, reculant de leur mieux l'instant où le sommeil s'emparerait d'eux, où, dans son rêve, Antoine retrouverait Évelyne, où Marianne, à l'aube, entendrait, venant de l'extrémité du couloir, le cri aigu, douloureux de son fils, qui ne dormait pas, qui rejetait toute nourriture, qui ne s'apaisait quelques heures au matin que dans ses bras.

Quand ils se trouvaient ensemble, leurs soucis cessaient d'avoir des traits distincts; ils n'avaient plus conscience tous deux que d'un sentiment de peine, d'un lourd fardeau qui, tout à coup, s'allégeait mystérieusement, les laissait reposer, souffler. Ils se taisaient et feignaient de dormir. La maison était silencieuse, la chambre à demi sombre. Marianne éteignait la lampe au chevet de son lit; Antoine laissait allumée la sienne; elle éclairait un livre ouvert devant lui qu'il ne lisait guère. Par la fenêtre entrouverte montait le froid de la nuit. Dans le lit, il faisait chaud et doux, et cette chaleur de la couche partagée, ce silence, cette paix précaire les engourdissaient, les unissaient comme jamais ils ne l'avaient été dans le tumulte de la journée, ni dans l'amour. Chacun d'eux sentait en l'autre des pensées qui lui étaient étrangères, qui étaient, peut-être, ennemies de lui-même, de son propre bien-être, de son repos, mais ils n'essayaient pas de les pénétrer, ils les ignoraient de leur mieux, au contraire; ils leur opposaient un tel parti pris de confiance, une telle volonté de bonheur que ces troubles images s'arrêtaient au pied du lit conjugal, ne franchissaient pas son ombre, attendaient patiemment que la nuit vînt, la nuit plus sincère qu'eux-mêmes, et qui libérerait ce que tous deux cachaient si soigneusement, si habilement au fond de leurs cœurs.

Ils recevaient rarement, sortaient plus rarement encore. La vie, en ce temps-là, était facile, folle, mais eux étaient déjà dégoûtés, déjà las. Évelyne continuait à mener l'existence d'autrefois : elle formait une façade commode à sa liaison avec Antoine; la connaissance intime de ce milieu et de cette vie était pour Antoine la source d'une jalousie de tous les instants et de tourments sans nombre. Il était obsédé par le désir de passer plusieurs semaines seul avec Évelyne, mais le temps s'écoulait, et cela paraissait d'une difficulté croissante. Il lui semblait qu'avec l'âge, la somme des devoirs et des responsabilités ne cessait de grandir, et l'accablait enfin de telle sorte que lui-même, Antoine, avec ses désirs, ses passions, était étouffé par un autre Antoine, créé par l'exigeant souci de ses proches, de ses familiers, de ses relations d'affaires, de sa femme et de ses deux enfants, si faibles encore et déjà si encombrants, envahissants; ils régnaient sur son existence et celle de

Marianne par leurs maladies, leurs cris, leurs caprices, l'argent qu'ils coûtaient.

Enfin, en avril 1924, Antoine eut l'occasion d'un voyage d'affaires en Amérique. Évelyne s'embarqua de son côté ; elle avait prétexté une croisière avec des amis, et tous deux se retrouvèrent en Angleterre d'où ils partirent pour New York. Jusque-là, en exceptant les toutes premières semaines de leur liaison, ils n'avaient pas été heureux. L'amour qui a dépassé certaines limites d'égoïsme et de convenances personnelles est entouré d'une atmosphère irrespirable. Tout d'abord le cœur en est exalté et semble battre plus légèrement, comme au sommet des hautes montagnes, quand l'air se raréfie et qu'on prend en pitié ceux qui vivent dans les vallées, mais, peu à peu, l'être humain ressent l'angoisse et le vertige. Ce qu'on éprouve alors n'est plus l'amour, qui peut être heureux, mais la passion dont le nom même signifie : souffrance.

Pour la première fois, en Amérique, la liberté absolue et, pour Antoine, l'absence d'autres hommes près d'Évelyne, car ils vivaient jalousement seuls, adoucissaient ce qu'Antoine appelait dans le secret de son âme : « Mon enfer. »

Ils pouvaient dormir ensemble enfin, vivre ensemble, ne plus se cacher, ne plus se hâter. Cette course haletante et vaine qu'était devenue leur vie en France s'apaisait, leur donnait le temps de la réflexion, de la tendresse, de la connaissance. Un soir, en auto, rentrant ensemble d'un concert, comme ils s'émerveillaient d'avoir les mêmes goûts, de prononcer, presque avec les mêmes mots, les mêmes jugements, Évelyne dit en riant :

« Nous n'avons pas eu le temps de parler, jusqu'ici. Nous n'avons eu que le temps de faire l'amour. »

Elle lui prit la main et, doucement, la serra :

« En somme, rien ne nous manquait pour être heureux ensemble... »

Les derniers jours passés à New York furent joyeux. Évelyne paraissait calme et gaie. Mais un soir, il la tenait dans ses bras et la croyait endormie, lorsqu'il vit tout à coup qu'elle éclatait en pleurs. Il se taisait. Que pouvait-il dire ? Il savait si bien pourquoi elle pleurait... Elle murmura enfin parmi ses larmes :

« Je ne savais pas que l'on pouvait être si heureux... Nous n'avions jamais eu cela avant. Cette liberté, cette paix... Oh ! heureuse Marianne, heureuse Marianne !

— Ne dis pas cela ! »

Elle le prit contre elle, et de ce souffle si léger, lorsqu'on se parle bouches rapprochées, de ce souffle qui forme à peine les paroles, elle murmura :

« Tu la quitterais ?

— Je ne sais pas, fit-il avec lassitude ; si tu le désires, je le ferai sans doute. »

Elle demeura silencieuse un instant, puis secoua la tête :

« Non... Tu ne la quitterais pas.

— Mais toi et moi nous avons été heureux jusqu'ici, mon amour !

— Heureux ! Mais c'est un enfer, dit-elle tout bas ; ces nuits, ces journées entières suspendues à un seul instant, à un rendez-vous d'une heure, et le reste du temps ? Rien. Attendre. Oui, je sais ce que tu vas dire : toi aussi. Certes. Mais crois-tu donc que ce soit une consolation ? Mais c'est mille fois pire ! Toi, tu es un homme, tu peux trouver du bonheur à me faire souffrir, mais moi… Ah! je te veux du bien, dit-elle en s'efforçant de sourire, et te voir sans cesse triste, accablé de fatigue, de soucis, dévoré de jalousie, lorsque tu vois auprès de moi l'ombre d'un homme, me désespère. Tu me reproches mes amitiés et ce que tu appelles mes plaisirs. Et pourtant j'ai besoin de respirer librement, de rire, de vivre, de t'oublier! Tu oublies bien, toi! Que tu le veuilles ou non, avec ta femme, tes enfants, pendant ton travail, tu te délivres de moi! Tu sais, dit-elle doucement, je crois que c'est cela la force du mariage où l'amour n'a pas ou n'a plus grande place. C'est que l'on cesse de penser l'un à l'autre. On n'a plus conscience de l'autre. Nous, nous en avons conscience douloureusement, comme d'une blessure. J'ai mal », murmura-t-elle en pleurant.

Antoine ne trouvait pas la force de la calmer, de la consoler, ni même de l'apaiser par des caresses. Son cœur se déchirait. Il songeait :

« Jamais nous n'aurions dû partir ainsi. Jamais nous n'aurions dû connaître ce bonheur qui n'est pas fait pour nous. »

Il dit enfin, avec accablement :

« Nous ne pouvons rien changer. »

Quelques jours plus tard, ils arrivaient en France. Ils passèrent une journée et une dernière nuit au Havre, avant de se séparer. À l'aube, Évelyne s'était endormie, mais Antoine ne pouvait trouver le sommeil. C'était le commencement de juin et la chaleur était ardente. Il se leva, fit couler un bain glacé, demeura quelques instants dans l'eau, revint auprès d'Évelyne. Le jour se levait et pénétrait à travers les volets entrouverts et les fenêtres béantes ; il craignait que la lumière n'éveillât Évelyne. Il tira les rideaux sombres et les épingla devant la croisée. Il contempla Évelyne avec tendresse. Comme il l'aimait ! mais de quel amour jaloux, triste et fatal qui, depuis longtemps, avait cessé de lui donner un atome de bonheur !

« Je voudrais être vieux, songea-t-il avec ferveur, délivré de l'amour ! Je n'ai pas d'autre souhait au monde ! »

Par moments, il lui arrivait de formuler un autre souhait, parfois il désirait la mort de sa maîtresse.

Il fit un mouvement pour se détourner du lit et, aussitôt, elle s'éveilla.

« Est-ce qu'il est temps de partir ? demanda-t-elle.

— Mais non. Il fait à peine jour. Dors. »

Elle poussa un profond soupir :

« C'est donc ici que finit le voyage... »

Il s'était détourné du lit. Il appuya tout à coup son front contre les rideaux de la fenêtre et, comme un enfant, il éclata en pleurs. Jamais elle ne l'avait vu pleurer.

Elle dit tout bas :

« Que je suis fatiguée... Je n'ai que vingt-quatre ans et je suis fatiguée comme une vieille femme. Ah ! si nous étions sages... »

Il lui mit la main sur la bouche pour la faire taire.

« Attends, fit-elle. Ne me touche pas. Si tu m'embrasses, rien au monde, de nouveau, n'existera plus.

— Mais c'est le salut, cela !

— Mais non !... Tu le sais bien. Ce n'est qu'un instant. Et le baiser doit finir, et nous devrons nous séparer ! Et nous devrons recommencer à passer nos journées dans l'attente d'un rendez-vous d'une heure, et nous séparer encore, et attendre encore, jusqu'au moment où fatalement Marianne devinera tout.

— Parfois je le souhaite.

— Jamais tu ne la quitteras. Jamais. Elle est ta femme. Elle te tient bien… Tu ne peux pas savoir à quel point elle te tient, mais moi, je le sais puisque c'est justement dans la mesure où tu m'échappes… Te souviens-tu de ce garçon qui voulait m'épouser autrefois… avant ?… Laisse-moi parler. Je l'ai revu. Il m'a écrit. Je ne l'aime pas. C'est le premier venu. Mais il habite l'étranger, et ainsi, nous serons, par force, séparés.

— Non ! Jamais ! »

Elle le regarda sans rien dire, puis un faible sourire parut au coin de ses lèvres. Elle serra la main qu'il lui abandonnait :

« Regarde-moi. Oserais-tu être sincère ?

— Avec toi, je l'ai toujours été. À tort, peut-être. Je n'ai pas pitié de toi. Il me semble, par moments, que tu es plus forte, plus résolue que moi. Il y a en moi une faiblesse que je hais, que je n'ai jamais montrée à personne, pas même à Marianne, mais avec toi je n'ai pas de vergogne. J'ai pu pleurer devant toi sans honte. Certes, je serai sincère.

— Tu souffrirais moins de mon départ que de me savoir à un autre. Par moments, la jalousie étouffe presque en toi l'amour et depuis longtemps a étouffé la tendresse. Ne mens pas. Je le sais. Regarde-moi et dis-moi : "Je te défends de me quitter pour un autre."

— Je te défends de me quitter pour un autre », dit Antoine.

Lentement, ils dénouèrent leurs mains.

« Bien », fit Évelyne.

Elle soupira et détourna la tête. Le visage enfoncé dans l'oreiller, elle était si calme qu'il la crut endormie. Il la laissa et se mit à ranger les pièces du nécessaire posé au pied du lit.

25

À dix heures Évelyne se leva, commença sa toilette. Elle paraissait calme, et Antoine avait honte maintenant de son exaltation et de sa faiblesse de la nuit passée. Tous deux parlaient en affectant la plus grande tranquillité d'esprit. Évelyne, qui se coiffait, assise sur une chaise basse devant le miroir, laissa tout à coup retomber ses cheveux sur ses épaules, parut hésiter et dit :

« Je n'ai pas envie de rentrer avec toi à Paris. On me croit encore en Angleterre. Notre première idée était stupide, dit-elle, car ils avaient décidé de se séparer à la dernière station avant Paris, afin qu'il arrivât seul et qu'elle demeurât quelque temps dans un hôtel des environs où il viendrait la rejoindre ; tu vas être tellement pris ces premiers jours ! Je pourrai à peine te voir. Cela te fera du bien de vivre quelques jours sans moi, d'ailleurs... Regarde-toi, tu as une tête effrayante... Je m'étonne parfois que Marianne ne voie pas la vérité écrite sur ta figure.

— Quand on est marié, on cesse de se voir », murmura-t-il.

Elle soupira :

« Vraiment ? Quel repos...

— Que voudrais-tu faire alors ?

— Rester ici tout simplement, cinq ou six jours, chez une amie qui possède une petite propriété sur la côte de Grâce. »

Longuement il essaya de savoir qui était cette amie. Elle ne voulait pas répondre. Elle le regardait en souriant. Enfin, elle rit (et plus tard, ce rire d'enfant sur ces lèvres de femme devait souvent résonner à ses oreilles dans ses plus sombres rêves…).

« Quelle brute tu fais, mon pauvre Antoine ! Tu n'as pas connu notre vieille Anglaise, Miss Tone ? Elle a une petite maison près du Havre, où elle prend des pensionnaires l'été. J'irai chez elle. Je boirai du thé noir toute la journée. Je me promènerai et je dormirai. Je n'ai pas besoin d'autre chose. Elle me connaît. Elle me fichera la paix. Cela me fera du bien. Je suis claquée. Va maintenant ! Va-t'en ! dit-elle en lui prenant les mains, en le contemplant avec tendresse, va ! »

Ils se séparèrent. Il appréhendait de revoir Marianne et, effectivement, les premiers instants furent pénibles. Ils s'étaient embrassés sur le quai de la gare. Dans la voiture, ils demeurèrent assis à quelque distance l'un de l'autre, se forçant à parler, à rire, mais sans éprouver de réel bonheur à être ensemble, attentifs à se montrer des époux parfaits, à dire avec chaleur : « Combien vous m'avez manqué… » et « Je suis heureuse de vous avoir là… » ou « Enfin, ce maudit voyage est terminé », comme de bons acteurs qui répètent leur rôle, qui ne le vivent pas encore, mais avec tant d'application que chaque réplique se rapproche de plus en plus de l'accent de la vérité et que la bonne volonté finit par créer l'émotion.

Ils se quittèrent au bout d'une heure, car on attendait Antoine à son bureau, mais il revint tôt dans la soirée pour passer quelques instants avec les enfants, avant qu'on les mît au lit. Gisèle, l'aînée, commençait à marcher ; le petit François perçait ses premières dents : c'était un enfant pâle, mais vif, qui ne cessait de remuer et de s'agiter dans son berceau en criant. Antoine voulut le prendre dans ses bras ; de toute la force de ses petits poings serrés, il le repoussa, le frappa, se rejeta en arrière plusieurs fois avec une violence telle que Marianne eut peur :

« Laissez-le. Il va tomber. Prenez garde. »

Elle le lui enleva et le berça un instant contre elle, puis le donna à la bonne :

« Emportez-le, nounou, prenez-les tous les deux. Il est excessivement nerveux, dit-elle quand la bonne fut partie, mais il est bien plus fort et il mange bien. »

Antoine était sombre et silencieux. Il referma la porte derrière les deux enfants et demanda tout à coup :

« Vous ne m'avez jamais parlé d'une vieille Anglaise qui a élevé vos sœurs et vous ? Miss Tone.

— Mais si, répondit Marianne. Elle habite Le Havre. Pourquoi ?

— Pour rien », dit-il avec un sentiment de paix, de bonheur indicible.

Il inventa que cette Miss Tone donnait des leçons aux enfants d'un de ses correspondants du Havre. Il parlait plus légèrement, plus gaiement. Il regarda autour de lui en souriant :

« Quel calme ici…

— Vous avez faim ?

173

— Mais oui, je dînerais volontiers », quoiqu'il se sentît incapable d'avaler une bouchée.

Enfin, enfin, il est délivré ! Évelyne n'avait pas menti. Ce n'était pas pour des motifs inavouables qu'elle était restée au Havre ; elle habitait chez la vieille Miss Tone ; elle était seule. Il pouvait l'oublier. L'oublier ? Non, mais cesser un instant d'avoir conscience d'elle. Ainsi, certaines blessures sont moins douloureuses aux moments d'immobilité complète. C'était cela qu'il lui fallait. L'immobilité, la paresse de l'esprit, l'extrême lassitude qui écarte les appréhensions, les souvenirs, les importunes images et ne laisse le champ libre qu'à des désirs affaiblis et limités : la soif, le sommeil.

Le dîner fut servi. Il mangea à peine, puis, aussitôt après, s'assit dans un fauteuil, ferma les yeux.

« Voulez-vous vous coucher tout de suite ? » demanda Marianne.

Il tressaillit :

« Non, non, pas encore… »

Il redoutait la nuit auprès de cette femme dont il avait oublié le parfum, la forme du corps. Il redoutait les paroles qu'il pourrait prononcer, le nom qui pourrait lui venir aux lèvres en s'endormant. Il redoutait jusqu'à ses rêves.

Il la regarda en s'efforçant de sourire :

« Êtes-vous contente de me revoir, Marianne ?

— Oui », dit-elle.

Il détourna les yeux, aperçut le vieux fauteuil qu'elle avait changé de place.

« Tiens, c'est mieux ainsi.

— N'est-ce pas ?

— Comme cette pièce a changé…

174

— Oui, et savez-vous, dit-elle en saisissant la pensée inexprimée d'Antoine avec l'agilité, la finesse de perception qui ne s'acquièrent que dans le mariage, devinant qu'il revoyait en esprit cette pièce au temps de leur jeunesse, quand *la maison* n'était que la garçonnière d'Antoine, j'ai rencontré d'anciens amis "de ce temps-là".

— Qui cela ?

— D'abord, Nicole.

— Nicole ? répéta-t-il sans comprendre. Ah ! oui... Pas possible... Où l'avez-vous vue ?

— Chez mon coiffeur, tout simplement, hier. Elle a engraissé. J'ai rencontré également Dominique Hériot.

— Vraiment ? Que devient-il ?

— Il n'a guère changé. Voyages, femmes, préoccupations intellectuelles et morales. Il a un grand charme. C'est étrange. Il se croit cynique et il n'est que timide.

— Il a toujours vécu en marge de la vie », dit Antoine.

Le premier mouvement de surprise passé, il ne s'intéressait plus à Dominique. Dans son esprit uniquement occupé d'Évelyne, plus rien ne faisait flèche.

Pourtant, il avait tendrement aimé Dominique. Il se souvint de leurs confidences au sujet de Solange et de Marianne quand celles-ci n'étaient que des maîtresses, l'amusement d'une nuit, et cela lui fut désagréable, comme le rappel de l'existence de Nicole lui avait été désagréable. Les amis de jeunesse ne devraient pas reparaître inopinément hors de l'ombre où on les laisse, où il est décent, commode de ranger les vieux souvenirs, et là, ils se décantent, se clarifient, perdent leur trouble relent. On ne les exhume sans danger que dans la vieillesse, toutes passions éteintes. Ah ! viendrait-il un moment où il pourrait entendre calmement, avec à peine un peu d'étonnement, de mélancolie, de gêne, sa femme dire : « J'ai vu Évelyne hier. Elle n'a guère changé. »

« Sais-tu à quoi je pense ? fit tout à coup Marianne : à notre premier soir ici. Comme maintenant, ces valises ouvertes sur la table du vestibule, ces malles que Martin défaisait dans notre chambre, toi assis à cette même place. Ensuite, nous avons dîné ici, sur cette table, mais il n'y avait pas d'enfants, pas de fleurs... Tu te rappelles ?

— Je me rappelle très bien... Je crois que nous n'étions pas très heureux...

— Moins heureux que maintenant ? demanda Marianne.

— Je crois... »

Il songeait :

« Si elle savait !... Quel rêve... Loin de le redouter, je le souhaite... Il me semble qu'elle comprendrait... Il me semble qu'intelligente comme elle l'est, elle pourrait m'aider... Il est entendu que nous nous devons l'un à l'autre assistance dans le chagrin, dans la pauvreté, dans la maladie, et il me serait interdit de chercher secours auprès d'elle ? Certes, cent fois, mille fois interdit ! Il n'y a pas de sincérité possible entre nous. Le lien conjugal est d'autant plus fort qu'il est forgé dans l'hypocrisie, la contrainte. Deux époux, libres l'un vis-à-vis de l'autre, tolérants, deux époux qui ne se réfugieraient ni dans le silence ni dans le mensonge, pourraient être des amants, d'excellents amis, des camarades, mais ils cesseraient d'être des époux. Le mariage n'a pas besoin du personnage réel, mais de l'apparence, du masque. Marianne doit voir en moi l'époux fidèle, travailleur, comme moi je dois voir en elle la femme parfaite. Au fait, qui est-elle? Pourquoi suis-je tellement sûr qu'elle a passé ces dernières semaines à veiller sur la maison et les enfants, elle que j'ai connue si semblable à Évelyne, si légère et passionnée à la fois? Mais pour vivre heureux, il nous faut l'apparence de la sécurité. Il nous faut créer nous-mêmes notre légende. Et, tout doucement, en dehors de nous, elle se crée. Dans quelques années, je m'indignerai sincèrement si quelqu'un ose insinuer, par exemple, que Marianne a commencé par être ma maîtresse. Déjà, je puis à peine le croire, se dit-il, saisissant en lui-même l'indice d'une faible dénégation, comme si quelqu'un en lui protestait : "Est-ce que, réellement, elle a été ta maîtresse?" Mais oui, mais oui, dit-il avec force en esprit à un invisible interlocuteur. Quel dommage que cette force de mensonge ne puisse jouer hors du mariage! Si je pouvais refouler en moi certains désirs, certaine inexplicable cruauté qui me pousse à souhaiter la mort d'Évelyne... oui, sa mort! pour me délivrer d'elle, pour respirer enfin... »

Il fit un mouvement, ouvrit les yeux. Il s'était endormi à moitié. Marianne, sans lever les yeux, brodait. Ils commencèrent à parler des enfants. Elle disait que Gisèle était douce, affectueuse, obéissante, que le bébé était extraordinairement en avance sur son âge, reconnaissait tous ceux qui l'entouraient, souriait à sa mère. Antoine songeait qu'à ses yeux à lui, ce n'étaient que deux enfants ordinaires, une fillette capricieuse, un bébé chétif, deux petits animaux encore, sans âme, mais sans doute cela aussi était-il nécessaire ? Pour s'attacher aux enfants, il fallait, dès leur naissance, ne pas les voir, eux, tels qu'ils étaient, mais des êtres imaginaires, bien plus forts, bien plus beaux qu'ils n'étaient en réalité, et cela seul permettrait de se sacrifier à eux, de se dévouer de gaîté de cœur, d'être fiers d'eux et de soi-même.

Marianne demanda tout à coup :

« Vous êtes bien ? »

Il inclina la tête, dit avec un soupir :

« Très bien. »

Qu'il était fatigué ! Il se rappela les paroles d'Évelyne... (Quand cela ? Ce matin même ? Seulement ?...) « Je suis fatiguée comme une vieille femme... »

« Et moi ?... J'ai cent ans... »

Marianne passa lentement sa main dans ses cheveux défaits :

« Je vais me déshabiller et je reviens. Vous devriez vous coucher, chéri. Vous avez une figure si lasse, tout à coup... Venez...

— Tout à l'heure, tout à l'heure », répondit-il sans la regarder.

Elle se leva, plia son ouvrage, glissa dans un petit coffret ouvert devant elle ses ciseaux, son dé, la dernière aiguillée de soie, puis elle sortit.

Seul, il cacha son visage dans ses mains et demeura immobile. Une miséricordieuse lassitude le délivrait enfin de l'ombre, du souvenir d'Évelyne. Voici qu'il ne redoutait plus le sommeil. Voici que le fil de l'habitude le renouait à Marianne. Il avait suffi d'un mouvement oublié, mais qu'il connaissait : le geste par lequel, le soir venu, elle pliait son ouvrage et glissait son dé et ses ciseaux dans le coffret ouvert sur ses genoux. Elle n'était plus l'adversaire, l'obstacle à son bonheur, la terreur constante de sa vie, celle qu'Évelyne et lui n'évoquaient qu'en tremblant. (« Quand Marianne saura... Le jour où Marianne se doutera... ») Le souvenir d'Évelyne, enfin, le laissait en paix.

Sur le fleuve une péniche passa et il entendit le coup de sifflet d'un remorqueur. Il sursauta et pâlit. Il avait oublié, en ces quelques semaines d'absence, les sons familiers. Il se rappela que de leur lit, au Havre, on entendait de même ces coups de sifflet aigus, tristes et perçants. Une étrange tristesse, presque funèbre, s'empara de lui.

« Oh ! va-t'en ! Laisse-moi me reposer, laisse-moi seul ! songea-t-il en s'adressant en esprit à l'image d'Évelyne : j'étais si bien tout à l'heure, j'étais si tranquille... »

Sa femme entrait. Il alla vers elle, l'embrassa, cacha son visage sur l'épaule de Marianne, murmura :

« Je veux dormir, Marion. Dormir. Dormir.

— Mais vous dormez déjà », dit-elle en lui caressant la joue.

26

Quelques jours passèrent. Un soir, Antoine reçut une lettre d'Évelyne. En l'ouvrant, il vit que le haut du feuillet avait été déchiré, sans doute pour cacher l'entête avec le nom de l'hôtel. Il lut :

« *Je t'ai aimé, quand tu as commencé à désirer Marianne. J'aurais pu te plaire à ce moment-là, et tout aurait été différent. Mais je voulais être loyale. J'étais jeune. Je ne me connaissais pas moi-même. Toi, tu n'as plus la force de m'aimer comme tu m'as aimée, ni de supporter la contrainte, l'avilissant mensonge, la peur. Je voulais te quitter. Mais ce n'est pas cela que tu veux, mon amour. Ce que tu veux, c'est d'être délivré du désir de moi, et moi, je veux être délivrée de tout désir, et de la vie par surcroît. Je n'ai aimé au monde que toi. Évelyne.* »

La lettre avait été adressée à son bureau, comme toute sa correspondance personnelle, mais le hasard fit que Marianne, ce soir-là, était venue le chercher. Tandis qu'il lisait, sa femme était assise en face de lui. Antoine plia doucement la lettre, la cacha dans sa poche et garda ses deux mains croisées sur ses genoux, car ses doigts tremblaient. Il se tut quelques instants puis, comme le téléphone sonnait dans le bureau voisin du sien, qui était vide, car la secrétaire venait de sortir, il se leva et alla répondre. Il décrocha le récepteur, mais sentit qu'il n'aurait pas la force de parler : la voix lui manquait. Il coucha l'appareil sur la table, le couvrit de ses mains, sentit un instant sous ses paumes son vain et long bourdonnement, puis il revint près de Marianne.

Mais ces quelques instants lui avaient permis de se ressaisir. Il put dire :

« C'est ennuyeux. On vient de me téléphoner que Jaurat, dit-il en nommant au hasard un de ses employés, va être opéré d'urgence. Il a en garde des papiers importants concernant l'affaire Schmidt et qu'il doit me remettre. Il faut que je parte.

— Comment ? À cette heure-ci ? Vous ne pouvez pas attendre ?

— Non, non, il faut que je parte. Il n'habite pas Paris, mais chez des parents, près de Sens. Je passerai la nuit là-bas. Ne m'attendez pas avant demain. »

Elle l'accompagna à la maison.

Dans la voiture elle se taisait et, à la dérobée, le regardait avec attention. Ne soupçonnait-elle rien ? Parfois, il lui avait semblé qu'elle écartait délibérément de sa pensée certains faits.

Il songea :

« Ah ! qu'elle croie ce qu'elle voudra, tout m'est égal maintenant ! »

Arrivé à la maison, il jeta un peu de linge dans une valise, embrassa à la hâte Marianne et partit. Hors de

Paris seulement, il s'aperçut qu'il était sans pardessus, sans chapeau. La nuit était froide : il avait plu la veille ; c'était un mois de juin aigre et humide, comme les tout derniers jours de l'automne. Bientôt il recommença à pleuvoir ; il avait laissé la vitre baissée ; des gouttes d'eau tombaient sur ses joues. Il les essuyait machinalement du revers de la main. Il allait de plus en plus vite, mais l'heure était plus rapide encore que lui. Mais il arriverait à temps ! Il arriverait ! Il était impossible qu'elle fût morte ! Il ne fallait pas permettre à cette pensée de prendre corps et réalité en lui. Il fallait regarder la route et compter un à un les arbres, éclairés par les phares, compter les battements de l'essuie-glace, forts et saccadés, qui, il ne savait pourquoi, le calmaient, répéter comme une incantation les mêmes mots :

« Elle vit. Elle respire. Elle m'attend. Elle vit. »

Vers minuit, il dut s'arrêter, acheter de l'essence. Il entra dans un petit débit de tabac sombre et enfumé, réveilla le patron, but un verre d'alcool, repartit. La lumière des phares courait devant lui, faisait surgir de l'ombre, un à un, les arbres de la route, puis, successivement, une maison blanche, un pont. Par instants, il lui semblait qu'il avait cessé d'avancer, mais qu'il revenait sans cesse sur un chemin déjà parcouru.

Seulement, en approchant du Havre, il commença à se demander comment il découvrirait Évelyne. Sa lettre portait le timbre du Havre, mais peut-être, depuis, l'avait-elle quitté ? Où la trouverait-il ? À l'hôtel où il l'avait laissée ? Dans un autre ! Chez Miss Tone ? Pourquoi avait-elle déchiré l'en-tête de sa lettre ? Peut-être, tandis qu'il courait vers Le Havre, elle agonisait, seule, à Paris ?

Mais non, elle avait voulu rester dans cette ville, où personne ne la connaissait, pour qu'on la laissât tranquille, pour que personne n'intervînt, pour accomplir dans le calme ce qu'elle avait résolu sans doute depuis de longs jours.

« La première idée du suicide lui est venue à New York, pensa-t-il. Elle semblait jouir des derniers instants de sa vie. Comment ne l'ai-je pas compris ? Cette volonté de bonheur et, dans toutes ses actions, ce calme presque inhumain, cette audace, cette cruauté… Le jour où j'ai reçu de mauvaises nouvelles de France, quand l'un des enfants était malade, elle a froissé la lettre entre ses mains en disant : "Ce n'est rien. N'y songe pas." Je dis que je n'avais pas compris, que je ne m'étais douté de rien. Je mens. Je le savais. Je le savais en la laissant. Je le savais mieux encore cette nuit, chez moi, lorsque j'ai souhaité sa mort. Souhaité ? Non, mais accepté dans mon cœur. C'est moi qui mérite la mort, moi, et non pas elle, moi, mille fois moi ! »

« Mon Dieu, aidez-moi ! » murmura-t-il. Jamais, depuis son enfance, il n'avait prié. Un éclair, le désir le traversa de s'arrêter devant le porche d'une église qu'il venait d'apercevoir sur son chemin. Oui, retourner sur sa route, s'abîmer sur les marches de cette église, implorer Dieu !… Mais non, c'était impossible, il fallait se hâter, se hâter !

Antoine traversa les rails d'un chemin de fer et, à peine avait-il passé, qu'il entendait derrière lui le fracas d'un train. Quelques instants plus tard, il atteignit Le Havre.

Il faisait nuit noire encore. Il s'arrêta devant l'hôtel qu'il avait quitté une semaine auparavant. Il dut attendre qu'on réveillât le concierge de jour.

Non, la jeune femme qu'il cherchait n'était plus à l'hôtel. Elle était partie quelques heures à peine après lui-même. On ne savait pas où elle était.

Il connaissait l'adresse de Miss Tone, sur la côte de Grâce. Un instant, quand il eut aperçu à la lueur des phares la jolie petite maison et le jardin fleuri, il songea :

« C'est impossible... Elle vit. Cette Miss Tone, une vieille femme, aura su la garder. »

Mais de nouveau, au fond de lui, une pensée cynique et désespérée lui souffla :

« C'était la seule issue pourtant. Si elle vit, que deviendrons-nous ? »

Il s'arrêta devant la grille fermée. Quel silence ! Une seconde, et presque malgré lui, il permit à son corps épuisé de fatigue de goûter le calme de la nuit.

Il descendit, poussa la porte ; elle s'ouvrit lentement, embarrassée par les plantes grimpantes. Il traversa un étroit jardin ; il se trouva devant une petite véranda vitrée, close de toutes parts. Il sonna et attendit long-temps. Enfin, derrière la vitre apparut une vieille petite femme effarée, en vêtements de nuit, une lampe allumée à la main. Il se nomma, dit qu'il cherchait Évelyne. La femme fit entendre une faible exclamation, hésita, mais enfin lui ouvrit. Antoine franchit le seuil :

« Elle est ici ? demanda-t-il à voix basse.

— Non !

— Mais elle était ici ? Elle a habité chez vous ?

— Chez moi ?? Quand cela ? Je ne comprends pas.

— Mais il y a une semaine.

— Non, non, elle n'est pas venue. Je ne l'ai pas vue. Je ne savais même pas qu'elle dût traverser Le Havre.

— Elle ne vous a rien écrit ?

— Elle n'écrivait jamais. Marianne quelquefois. Et j'ai reçu une carte d'Odile, hier. Mais Évelyne, jamais...

— Vous la connaissez bien, n'est-ce pas ?

— Évelyne ? Mon Dieu !... Je la connais comme mon enfant. Quand je suis entrée chez les Segré, elle venait de naître. Je l'ai gardée jusqu'à quinze ans.

— Je crois qu'il est arrivé un malheur, miss Tone, dit Antoine.

— Elle s'est tuée ?

— La croyez-vous capable de se tuer ? »

La vieille femme leva la lampe à la hauteur de ses yeux et regarda Antoine au visage :

« Si quelqu'un est capable de se tuer, c'est elle ! »

Antoine serra l'une contre l'autre ses mains tremblantes :

« Je repars pour Le Havre. Adieu. »

Il remonta en auto et, sans un mot, partit. Cette course dans la nuit prenait de plus en plus l'aspect d'un rêve. Par moments, il perdait conscience, oubliait ce qui s'était passé. À d'autres instants, il raisonnait avec la plus froide lucidité. Ainsi, en revenant au Havre, il se rappela qu'à Paris il avait dîné plusieurs fois avec le député René Alquin, originaire du Havre. Il se servit de son nom en se présentant au commissariat.

Le commissaire était un homme jeune encore, courtois, qui le reçut aussitôt, s'efforça de le réconforter et se hâta de consulter les dossiers des disparitions. Aucun suicide, aucun accident qui pouvaient se rapporter à Évelyne n'avaient été signalés encore.

« Ainsi que vous le voyez, monsieur, rien ne vous autorise à croire que votre parente a trouvé la mort.

Si vous le désirez, je puis vous donner quelqu'un pour vous faire visiter les hôtels de la ville. L'enquête peut être menée avec la plus grande discrétion. Si vous ne trouvez pas cette jeune femme, c'est qu'elle aura quitté Le Havre, auquel cas nous entreprendrons des recherches ailleurs, nous nous mettrons en communication avec Paris. Mais ces démarches vous seront excessivement pénibles, monsieur, dit-il en regardant la figure ravagée d'Antoine ; si vous préférez attendre, j'enverrai un homme qui procédera seul à ces recherches et vous avisera aussitôt qu'il aura découvert quelque indice. »

Mais Antoine refusa : tant qu'il avait l'illusion d'agir, il lui était possible de paraître calme, de parler raisonnablement, mais le silence, l'immobilité étaient au-dessus de ses forces. On lui indiqua l'homme qui devait l'accompagner et il partit.

Les années passeraient, et le souvenir d'Évelyne lui-même s'effacerait, mais toute sa vie il se rappellerait ces portes fermées, ces rues où tombait la pluie, ces visages curieux ou narquois, ces sinistres formalités, cette attente mortelle tandis qu'une main indifférente feuilletait les registres. Rien, toujours rien, mais il n'avait plus d'espoir. Dehors les arbres verts de juin ruisselaient, se courbaient sous la pluie et le vent. Parfois l'excès de l'inquiétude et la fatigue engourdissaient à tel point la pensée d'Antoine qu'il se surprenait à songer :

« Pourquoi suis-je ici ? »

Ils avaient visité les grands hôtels de la ville, puis de plus modestes, puis de sombres maisons dans le port. Au volant de sa voiture, Antoine accomplissait machinalement les gestes nécessaires pour conduire ; il freinait, accélérait quand il le fallait ; il parvenait même à échanger quelques mots avec l'homme assis à ses côtés ; il portait par moments une cigarette à sa bouche, la jetait aussitôt allumée, essuyait la vitre mouillée du revers de sa main : l'essuie-glace était cassé. Il regrettait ce battement rapide et rythmé dans l'ombre.

Le jour pâle se levait. La pluie tombait. Une rue, un hôtel. La cage vitrée du gérant, un escalier recouvert d'un tapis, des visages indifférents. Des valises posées à terre qu'il repoussait du pied. Puis une autre maison, à peine différente de celle qu'il avait quittée, apparaissait. Il marchait le long d'un corridor semblable à celui qu'il venait d'arpenter en vain. Il respirait l'odeur des murs peints, identique dans chaque hôtel. Rien. Des lampes s'allumaient au-dessus des portes. Il les regardait et songeait qu'il eût pris la place de n'importe lequel de ces voyageurs inconnus. Oui, toute leur vie, tout le lot de misères passées, présentes et futures qui était le destin de chacun d'entre eux lui semblait préférable à ce qu'il ressentait en cet instant.

Ils visitèrent les petites rues qui entouraient le port. Antoine disait, en apercevant ces portes basses, ces vitres noirâtres :

« Non, non, c'est impossible, elle n'a pas pu venir ici...

— On ne sait pas, disait doucement l'homme qui l'accompagnait ; on ne peut pas savoir, monsieur... »

Mais rien, toujours rien.

Dans une maison, on leur dit qu'une femme était là, malade depuis la veille. Ils pénétrèrent dans une chambre où une femme inconnue était couchée ; elle tourna vers eux une figure hébétée, enflammée par la fièvre ou l'ivresse ; ses mains inertes reposaient sur le drap. Ils refermèrent la porte, repartirent, allèrent ailleurs. Le ciel était si sombre qu'ils allumaient sur leur passage ces lampes abritées d'une espèce de soucoupe de porcelaine qui pendent au bout d'un fil et qui sont toutes pareilles dans les hôtels médiocres. Une clarté rougeâtre et tremblante tombait du plafond sur des visages indifférents ou endormis. Par moments, Antoine pressait fortement ses deux mains sur son visage et ce geste, une seconde, l'apaisait. Puis il se trouvait dehors, sous la pluie. Il songeait : « Si, du moins, il pouvait cesser de pleuvoir !… »

Mais la pluie tombait sans arrêt, et ce bruit, qu'il avait commencé par ne pas entendre, maintenant qu'il en avait pris conscience, le rendait fou. La pluie frappait le toit de l'auto, les vitres. L'eau sautait sous les roues.

Enfin, quand ils eurent visité tous les hôtels du Havre, l'agent dit :

« Dans les environs de la ville, il y a une maison où deux jeunes gens se sont suicidés il y a deux ans. Alors, des fois, il y a des maisons qui attirent », dit-il, et sans achever, il tenta d'indiquer sa pensée par un signe de la main.

Ils repartirent vers la côte de Grâce, où Antoine avait passé seul quelques heures auparavant. L'agent, les bras croisés, se taisait. Il avait une forte figure honnête et aimable. Antoine lui glissa dans la main quelque argent qu'il accepta gauchement. Antoine éprouvait un tel besoin de réconfort, de solidarité humaine que la présence de cet homme, loin de lui être une gêne, semblait un secours. Ils s'arrêtèrent enfin devant une maison entourée d'un jardin.

« Restez dans la voiture, monsieur, dit l'agent, vous êtes mort de fatigue. Je viendrai vous chercher, s'il le faut. »

Antoine attendit. À quelques pas de là était l'estuaire. Mener sa voiture sur le bord de la route, la pousser encore un peu, se fracasser avec elle, s'abîmer dans l'eau, abolir à jamais le souvenir, l'amour, le remords…

« Mais je ne peux pas, songea-t-il avec désespoir. Marianne… les petits… Car enfin, l'amour, l'adultère, cela n'a rien à voir avec le fait brut que je dois les nourrir, que j'ai pris sur moi cette charge effroyable qu'est une famille, que je ne puis les laisser à la rue. »

Le temps passait.

« Ah ! elle est là… Elle est morte », songeait-il.

Ce fut alors que l'agent reparut. Il ouvrit la portière et dit en hésitant :

« La jeune dame est là, monsieur… Mais…

— Morte ? murmura Antoine.

— Hélas ! monsieur, elle s'est tuée dans la nuit. Le véronal. Elle était là depuis quelques jours. Hier, elle a dit qu'on ne la dérange pas, qu'elle ne dînerait pas. Ils ne se doutaient de rien, mais j'ai fait ouvrir la porte et…

— Morte ? répéta Antoine.

— Oui, monsieur.

— Je peux la voir ? » balbutia-t-il, et il sentait que sa bouche tremblait et ne laissait passer que des syllabes déformées.

Antoine entra dans une chambre charmante, tendue de cretonne rose, avec un étroit lit de cuivre poussé devant la fenêtre. Évelyne était couchée dans ce lit, et tout d'abord, comme son visage était caché par l'oreiller, il ne vit que ses cheveux défaits. Il les prit, les souleva : ils étaient si tièdes, si doux, si vivants qu'il eut un instant d'espoir insensé. Mais la peau était froide déjà. Il tourna le visage d'Évelyne contre lui, le contempla avec un sentiment d'incrédulité et d'horreur, puis le laissa retomber en arrière, mit sa main devant ses yeux et s'enfuit.

Antoine, de retour à Paris, fut averti par Marianne qui avait reçu un coup de téléphone donné par le commissaire de police du Havre. Personne ne s'étonna de la pâleur, de l'émotion d'Antoine (sa belle-sœur et lui avaient affiché une grande camaraderie, les apparences d'une amitié fraternelle qui leur permettait de se rencontrer souvent, de sortir ensemble sans Marianne).

Avec le mari d'Odile, Antoine refit le funèbre voyage du Havre, ramena à Paris la dépouille de sa maîtresse. La famille Segré soupçonnait la vérité : aucun être humain n'est jamais complètement ignoré. Imparfaitement connu, certes, compris à contresens, dans ce qu'il désire révéler, trahi dans l'image qu'il veut laisser de lui-même aux autres, mais deviné dans ce qu'il essaie de garder secret ; le soin même, sans doute, que l'on met à cacher certains côtés d'une existence permet de procéder, par tâtonnements, par éclairs de divination, par recoupements, à la découverte d'une vérité partielle, obscurcie, mais visible encore, comme l'est une eau profonde que traverse un jet de clarté aussitôt éteint. Même ici, dans la liaison d'Antoine et d'Évelyne, où une chance insolente les avait servis, il demeurait aux yeux des autres une zone trouble dont tous, d'un commun accord, se détournaient.

On enterra Évelyne au début de la semaine suivante, aux tout derniers jours de juin. Antoine, plus tard, devait se rappeler seulement le bruit des pas derrière le cercueil, le piétinement qui ralentit et s'arrête devant la tombe ouverte, et, dans le silence, un chant d'oiseaux pur et perçant. Il soutenait le bras de Marianne qui pleurait près de lui. Il avait commencé par la soutenir, par la guider parmi les tombes. Tout à coup, il laissa tomber sa main ; il fit quelques pas en avant, seul. Elle le rejoignit alors, l'appela doucement par son nom. Le visage d'Antoine était impassible, mais cette impassibilité même était étrange ; il semblait avoir perdu conscience de ce qui l'entourait. Elle dut lui toucher le bras à plusieurs reprises pour qu'il consentît à la suivre, mais le reste du jour il fut aussi calme et froid qu'à l'ordinaire.

Une nuit, une semaine après les funérailles, Marianne, qui s'était endormie très tôt, très lourdement, fut réveillée par les pleurs d'un des enfants. Antoine dormait. Elle se leva, traversa la chambre sans qu'il s'éveillât et entra chez les petits. Elle avait reconnu les cris de François.

Cet enfant pouvait crier sans se lasser des nuits entières. Sa santé était meilleure, il était plus fort ; il mangeait bien ; les médecins assuraient qu'il deviendrait aussi vigoureux que les autres, mais ses crises de colère étaient effrayantes. La bonne qui le soignait avait beau assurer qu'il ne s'agissait que de « méchanceté », comme elle disait, du désir d'être sorti de son berceau, porté dans les bras, Marianne ne pouvait étouffer la pitié et l'inquiétude dans son cœur. Cet enfant ne semblait pas souffrir, mais repousser avec fureur, avec dégoût la vie qui lui était infligée et, pour tout au monde, le sommeil, la nourriture, les caresses, il ne trouvait que des accents de dénégation, de refus, presque de haine, et ensuite il se précipitait avec avidité sur le sein qu'on lui tendait, semblait vouloir s'y abîmer, s'y fondre, le mordre, ou sombrait dans le sommeil, la bouche encore entrouverte, les larmes coulant sur ses joues.

Marianne, cette nuit encore, réussit avec peine à le calmer et, quand il fut endormi, elle se sentait à la fois si surexcitée et lasse qu'elle n'avait plus le désir de regagner son lit. Elle s'assit près du berceau et resta longtemps sur la chaise basse, les bras appuyés sur le bord du petit lit, la tête dans ses mains. Comme il arrive parfois dans l'ombre et dans le silence, certaines pensées que le tumulte du jour empêchait de lever au fond de son âme, d'arriver jusqu'aux régions de sa conscience, mais qui stagnaient, troubles, pesantes, informes, voici qu'elle les reconnaissait, qu'elle les accueillait, qu'elle avait le courage de les regarder en face et de les nommer par leur nom. Elle pensait à Évelyne et à elle-même. Elle enviait la vie et la mort d'Évelyne. Un amour bref et suffisamment ardent pour donner sa nourriture à une vie, et finalement pour la consumer, c'était un destin enviable.

« Et son amour a été heureux, songea Marianne : son visage n'était pas celui d'une fille déçue, mais d'une femme triomphante. C'était une femme heureuse et comblée. Elle est morte, sans doute, parce qu'un jour un amant l'a abandonnée, ou qu'elle a dû le quitter. Mais auparavant, elle a été heureuse. C'est l'essen-

tiel. Qu'aurait-elle fait si elle avait vécu ? Ce qu'a fait
Solange ? Vieille avant l'âge, triste, aigrie, malade, ou
moi, la parfaite épouse ? Suis-je heureuse, moi ? J'ai ce
que je désirais, pourtant. J'ai eu Antoine. Mais je ne
l'aime plus… Ou plutôt, ceci est un jugement trop brutal… abrupt et sans nuances… Je l'aime, c'est un bon
compagnon, sa mort me désespérerait, mais il n'a plus
aucun pouvoir sur moi… Il n'a plus le pouvoir de me
faire souffrir, ni de me donner le bonheur. Je n'étais
pas malheureuse quand il était absent. Son retour m'a
donné un instant de joie, mais un seul instant… sa présence m'apaise… mais je n'ai plus de lui ni curiosité,
ni désir… Que de larmes, que de nuits sans sommeil
pour essayer de le comprendre, de le connaître ! Puis-je
dire que, maintenant, je le connais ? Hélas ! non, moins
qu'avant ! Il me demeure impénétrable, hostile parfois… Mais je ne fais pas un mouvement pour découvrir ce qu'il veut me taire. Il ne m'intéresse plus. Et cette
incuriosité, cette passivité ont aboli en moi des sources
de souffrance et des sources de bonheur. Je vis, et je
suis plus froide que l'ombre d'Évelyne… Pour retrouver quelque chaleur aux côtés d'Antoine, dans ses bras,
il me faut sans cesse penser au passé, le retrouver, le
recréer… avec son goût de vieilles larmes… Peut-être,
songea-t-elle, contrairement à ce que j'ai si longtemps
cru, nous n'étions pas destinés l'un à l'autre ? Et maintenant, que de liens qui nous retiennent malgré nous, qui
nous retiendront toujours ! Comme on se hâte d'aimer,
quand on est jeune ! Comme on a peur d'attendre !
Comme on se presse de faire son choix, d'infléchir sa
vie dans telle ou telle direction ! On reproche à l'existence cette part de fatalité sur laquelle nous ne pouvons

rien. Au contraire, elle est trop docile, trop malléable ; elle prend trop facilement, sinon la forme, du moins la caricature de nos désirs… »

Elle soupira, regarda les enfants endormis. La chaleur était étouffante. Elle écarta davantage les battants de la fenêtre, ouvrit la porte de la pièce voisine, où couchait la bonne, qui venait de se mettre au lit et faisait crier le matelas sous le poids de son gros corps.

Marianne revint dans sa chambre. Elle se coucha, mais le sommeil la fuyait. Son cœur battait sourdement. Elle écouta la respiration étrange, sifflante, oppressée d'Antoine dans l'ombre. Longtemps, elle se tourna de côté et d'autre dans son lit. Elle changea l'oreiller de place, le froissa, le repoussa. Elle avait soif ; elle alluma la lampe, prit la carafe d'eau sur la table de chevet, remplit son verre et but, mais l'eau était tiède, fade. Non, il était inutile de chercher le sommeil, elle ne dormirait plus cette nuit.

Elle voulut prendre un livre ; elle étendit la main avec précaution, pour ne pas réveiller Antoine en heurtant de la main un objet sur la table, mais, involontairement, elle fit tomber l'abat-jour de la petite lampe, qui roula à terre. Elle regarda Antoine. Elle ne l'avait pas réveillé. Comme il dormait profondément ! Depuis quelque temps, il s'endormait aussitôt qu'il mettait sa tête sur l'oreiller, et de quel sommeil pesant, invincible ! Le matin, parfois, le domestique devait l'appeler à plusieurs reprises pour qu'il ouvrît les yeux enfin. En dormant, il avait couvert de son drap ses épaules et sa tête. Marianne le dégagea doucement et, dans le mouvement qu'elle fit, elle aperçut sur la table, à côté d'Antoine, un tube de somnifères où manquaient plusieurs comprimés. Il ne s'était jamais plaint d'insomnies, pourtant ! Elle tourna doucement vers lui la lumière de la lampe, le regarda encore : son visage, qui était demeuré jusque-là dans l'ombre, apparaissait en pleine clarté. Il pleurait. C'était si étrange qu'un instant elle douta du témoignage de ses sens. Cet homme, son mari, si froid, si impassible, si indifférent, d'apparence calme et presque sèche, offrait à ses yeux un visage désarmé par le sommeil, rendu à la faiblesse, à l'innocence de l'enfance, ravagé, sillonné de larmes. Jamais elle ne l'avait vu pleurer. Elle songea :

« Il rêve… »

Elle voulut le réveiller, l'arracher à son cauchemar. Elle se pencha, lui effleura la joue d'un baiser. Il tressaillit, ouvrit à demi les yeux, la regarda et dit tout bas :

« Ah ! c'est vous… »

Il remuait péniblement les lèvres, comme s'il dormait encore et parlait du fond d'un rêve, mais quel accent déçu et las !…

« Vous, semblait-il dire, ce n'est que vous… »

Il mit sa main devant ses paupières et, aussitôt, se rendormit. Ce fut alors que Marianne pensa :

« C'est à cause de lui qu'Évelyne s'est tuée. »

Il arrive parfois que l'on voie les secrets mobiles d'un être humain avec une lucidité sans effort. Il ne s'agit pas de réflexion, ou de déduction, ni même d'un soupçon. On voit, on sait. Plus tard, lorsqu'on apprendra la vérité, elle vous transpercera de douleur, mais ne vous frappera d'aucune surprise. De même, il arrive parfois de voir la mort sur le visage d'un homme jeune encore et qui paraît plein de santé. On se dit : « Quelle folie ! », on n'y songe plus, mais lorsque cette mort survient, alors on se rappelle l'instant où quelqu'un de plus vieux et de plus sage que vous-même, qui vit en vous (et peut-être ne mourra pas de votre mort) a vu ce que vous ne sauriez voir.

Elle eut peur; elle voulut effacer cet éclair de sincérité, cette connaissance si vive et si affreuse d'une vérité irréparable. Elle songea :

« Je suis folle. Pourquoi imaginer cela ? Il n'y a aucune raison. Pourquoi ? »

Mais elle secouait la tête avec impatience. Elle ne pouvait plus, ayant vu une fois la vérité, la nier, cesser de la voir. Cela ne dépendait plus d'elle-même. Il était impossible de fermer les yeux, d'oublier.

Il fit un mouvement. Elle étendit vivement la main, la mit en écran devant la lampe allumée. Préserver son sommeil, sauvegarder le mensonge. Ne rien dire. Ne rien entendre. Oublier.

« Elle est morte maintenant. Tout cela est fini. Un mot de moi peut donner corps aux plus redoutables fantômes, tandis que le silence l'ensevelira une seconde fois... Je veux me taire. Je ne suis pas jalouse. Je l'ai été, songea-t-elle : je l'ai été pour des femmes comme Nicole, des femmes qui n'ont fait que traverser la vie d'Antoine et qui ont disparu sans laisser de trace dans sa mémoire, ni dans son cœur. Mais d'Évelyne, je ne puis être jalouse. Je ne puis être jalouse d'une morte, d'une ombre. Mais ce que je ressens, cette lassitude, cette pitié amère, ce désir d'oubli, cela est pire. »

Elle éteignit la lampe. Dans la nuit, elle laissait sans contrainte couler ses larmes.

28

L'été était à moitié écoulé, mais Antoine refusait, sous divers prétextes, de quitter Paris. Marianne finit par le laisser seul et elle alla s'installer avec les enfants dans les Landes, dans une région sauvage et belle, parmi les sables et les pins.

Antoine ne sortait de chez lui que pour aller au bureau ; il trouvait un certain apaisement dans la routine des affaires. Recevoir des clients, dicter des lettres, vérifier des bilans, cette besogne machinale lui engourdissait l'esprit. La solitude sévère de sa vie et le silence de la maison, en l'absence des enfants et de Marianne, avaient fini par lui procurer un calme relatif ; comme il arrive lorsque l'existence est austère et minutieusement réglée, elle imposait son rythme à la vie intérieure et la rendait supportable.

Lorsque, au commencement d'octobre, Marianne eut écrit qu'elle voulait rentrer, Antoine ne songea qu'à lui faire prolonger son séjour.

« Je deviens sauvage, pensait-il, je ne puis supporter une figure humaine. »

Il se terrait dans sa solitude. Il se rendait esclave d'un emploi du temps conçu avec le souci de chaque seconde et prenait sur lui-même une part de plus en plus grande de responsabilité et de travail. Pour retarder le retour de Marianne, il inventa, l'un après l'autre, des prétextes : on avait repeint de frais la chambre des enfants, l'odeur du vernis persistait ; Martin demandait quinze jours de vacances. Il obtint ainsi avec peine un sursis d'un mois. Puis Marianne et les enfants revinrent.

Jusqu'ici Marianne et Antoine n'avaient pas connu la malédiction congénitale du mariage : les querelles sans raison, sans cause, qui éclatent en pleine paix, aussi brusquement qu'un orage dans un ciel d'été, qui, rares d'abord et dont on a honte, finissent par occuper le temps, l'esprit des époux, par leur procurer une obscure jouissance : tout amour humain doit être nourri de passion pour subsister ; la passion éteinte, il demande des aliments aux paroles de haine, aux actions hostiles, à tout ce qui est encore mouvement, chaleur, flamme dans le cœur des époux.

Seule venait interrompre les querelles cette heure miséricordieuse avant le sommeil, quand la longue habitude d'avoir dormi ensemble rapproche l'un de l'autre les deux corps, creuse le flanc de la femme, fait chercher à l'homme la place tiède, près de cette poitrine nue, où tant de soirs déjà il a trouvé le repos, confond les souffles, les apaise, unit un instant les époux, avant de les séparer plus sûrement, plus inexorablement encore, entraînant chacun vers son rêve.

Cet hiver-là, également, tous deux recommencèrent à sortir et à recevoir : le deuil était fini. Chaque incident de leur existence, le plus futile en apparence, suffisait à déclencher ces querelles qui, sournoises d'abord, devenaient de jour en jour plus violentes. Marianne montrait une nervosité et une mauvaise humeur sans cesse grandissantes. Antoine s'emportait rarement, mais ses paroles ironiques, son accent froid et maussade irritaient Marianne comme jamais ne l'eût fait un éclat. Parfois, elle ressentait une exaspération effrayante, presque maladive, en écoutant les pas de son mari, en voyant tel mouvement de ses lèvres, tel tic, tel regard. Un soir, elle s'habillait, lorsque Antoine en entrant jeta un coup d'œil sur la robe qu'elle tenait à la main :

« Je ne connais pas celle-ci, dit-il en s'efforçant de parler avec calme ; encore une robe blanche ?

— Oui. Pourquoi ? Elle ne vous plaît pas ? demanda-t-elle. Vous n'aimez pas me voir en blanc ? Elle est jolie pourtant...

— Le blanc ne vous va pas. »

« Ce qu'il y a d'effrayant, songeait Marianne, c'est que les mots que nous échangeons ne sont insignifiants que dans leur plus grossière apparence. Ils sont, en réalité, lourds de sens, chargés de souvenirs et d'émotions que nous ne pouvons partager, qui nous étouffent. Comme lui, je revois les robes blanches d'Évelyne, son beau visage, son corps à présent dissous dans la terre, l'éclat de ses épaules, de son dos nu. Mais que pouvons-nous dire d'autre ? Ah ! il vaut mieux répondre comme je vais le faire : "Vous ne comprenez rien. Laissez-moi tranquille !" Il vaut mieux jeter à terre le polissoir que je tiens dans mes mains et l'entendre claquer la porte avec fureur, plutôt que nommer par son nom le mal dont il souffre, et lui donner ainsi la vie, et le rendre invincible... »

Elle qui, autrefois, n'élevait jamais la voix, cria brusquement :

« Laissez-moi tranquille à la fin ! Vous m'ennuyez ! »

Elle éclata en pleurs et la querelle se poursuivit ainsi, ressuscitant des griefs oubliés, ressassant les mêmes mots, frappant aux mêmes places, avec un aveugle acharnement, les laissant enfin tous deux las, haletants, délivrés.

29

Le printemps revint. Le désespoir d'Antoine était avivé encore par cette tiédeur, cet éclat, ces promesses de bonheur que l'on respirait dans l'air. Il se consumait de regrets en pensant à ce qui aurait pu être. Chaque nuit, il retrouvait Évelyne en rêve, vivante ; il redoutait l'approche de ses rêves, au point de refuser le sommeil, de demeurer jusqu'aux dernières heures de la nuit éveillé avec un livre ou un travail qu'il emportait du bureau. Parfois, il ne se couchait même pas ; il restait assis dans son fauteuil, n'ayant ôté que son veston et le col de sa chemise ; et il s'endormait ainsi et, aussitôt, apparaissait la même image. Elle n'était pas morte. Elle revenait d'un long voyage. Elle était pâle, fatiguée, faible, avec ces traits à peine marqués et si reconnaissables pourtant qu'ont les morts chéris en rêve ; elle était toujours vêtue de noir, elle était inquiète ; elle se hâtait ; quelqu'un l'attendait, l'appelait. Elle se laissait caresser, mais sans plaisir, détournant le visage ; il sentait dans sa main la tiédeur de ses cheveux vivants. Il lui soulevait la tête, voulait la presser contre lui et, tout à coup, se souvenait qu'elle était morte. Mais il n'était pas sûr encore : le souvenir et le songe luttaient en lui.

Son cœur commençait à battre avec violence. Il l'appelait. Elle ne répondait plus. Il la saisissait dans ses bras, et l'excès même de son angoisse l'éveillait. Il se retrouvait, assis devant ses dossiers, la lampe brûlant encore, glacé, désespéré, seul.

Il avait toujours été d'apparence impassible et froide, maître de lui-même, mesuré en paroles. Maintenant, craignant de laisser voir l'espèce de folie qui l'habitait, il se contraignait à plus de froideur, plus de calme encore. Par ce jeu d'actions et de réactions bizarres, imprévisibles, qui forme notre caractère et régit notre destinée, sa vie professionnelle était grandement facilitée par cette vie sentimentale secrète ; aux moments où il était le plus proche du suicide et de la folie, il donnait à autrui une impression de force, de calme et d'austérité qui commandait le respect. À la maison, les enfants le redoutaient. Il les aimait, mais le bruit de leurs jeux l'importunait, leurs rires le fatiguaient, leur éclat l'offensait. Les querelles, les caprices cessaient en sa présence.

De bonne heure, cet été-là, les Carmontel partirent pour la Bretagne, où ils avaient loué une villa. Dès qu'ils furent arrivés, Gisèle et François eurent la coqueluche. La maison était petite et les chambres séparées par des cloisons si légères que les quintes de toux et les cris des enfants ne laissaient pas à Marianne et à Antoine une nuit de repos. Le temps, si radieux à Paris, s'était gâté vers la mi-juillet. Il pleuvait sans cesse. La nuit, à peine les crises de toux des enfants s'apaisaient-elles, que, de toute son ouïe tendue, exaspérée, Marianne s'apprêtait à recueillir le bruit de l'averse, de ces courtes rafales chargées de grains de sable, qui venaient heurter les volets. La pluie s'abattait sur les toits, le jardin et la mer. Marianne était livrée à cette inquiétude sombre, absurde, qui s'empare de l'être humain aux approches de la nuit et qui semble moins du domaine de l'esprit que de celui du corps fatigué et anxieux. Elle se rappelait toutes les maladies passées des enfants : elle appréhendait toutes les complications possibles ; elle maudissait le temps.

« Pourtant, comme je dormais bien, il y a seulement cinq ans, par des nuits pareilles, songeait-elle ; comme j'aimais cela... Ah ! tout au monde était facile alors, léger, sans importance !... Le vent soufflait et vous menait là ou ailleurs, et partout, en somme, on se fût accommodé de l'existence. Maintenant, la vie est faite, modelée, accomplie, la seule possible, et il faut la garder de la maladie, du malheur, de la mort ! Mais pourquoi penser à la mort ? Pourquoi trembler sans cesse ? Pourquoi ?

« Oh ! que la pluie s'arrête un instant ! Que le vent cesse ! Par grâce... Je voudrais dormir... Voici qu'ils toussent encore », songeait-elle, en sentant dans sa propre poitrine la douleur de ces quintes de toux.

Après chacune d'elles, les enfants se rendormaient paisiblement, mais la mère, elle, osait à peine respirer ; elle était tout entière appréhension, attente, angoisse.

« L'un d'eux pleure. C'est François... C'est toujours François. Il est le plus faible, le plus menacé, le plus aimé... Comme on devient vulnérable après vingt ans ! On est offert de toutes parts à tant de blessures. Ce n'était pas ainsi autrefois. J'aimais bien mes parents, j'aimais bien mes sœurs, mais ma vie leur était étrangère ; elle était en dehors d'eux ; mais cet homme couché près de moi, qui rêve à une autre, qui pleure une autre, je crois que je ne pourrais pas supporter de le perdre. Et pourtant, je ne l'aime pas. Sa présence m'est nécessaire, mais ne me donne plus de joie. Ainsi, l'action de respirer, sans laquelle on ne pourrait vivre, ne vous procure plus de bonheur. Hélas ! ni Antoine ni moi, nous ne sommes heureux ! Chaque couple tend à former à ses propres yeux et à ceux d'autrui une légende de fidélité, de compréhension, d'union. De même, Antoine et moi ! Une légende, un mensonge ! Nous nous comprenons rarement. Nous avons cessé d'être unis. Nous ne nous connaîtrons jamais. Il y a des moments où on voudrait retrouver cette force aveugle qui vous faisait écarter de votre route toute considération de pitié ou de peur, où on voudrait redevenir, comme autrefois, violente, hardie, libre enfin ! Car je ne suis plus libre. Je me suis entravée, emmurée moi-même ! »

Vers le matin, elle s'endormait et, dans ses rêves, elle cherchait et trouvait les épisodes du passé : la nuit de Pâques avec Antoine dans l'auberge du bord de la Seine, les jours de pluie dans le petit square, mais il lui semblait que le double d'elle-même, projeté dans le rêve, était tantôt la Marianne d'autrefois, tantôt une image affaiblie d'Évelyne. Enfin, avec peine, ces rêves incohérents s'effaçaient.

30

Il était rare que Dominique fût reçu chez les Carmontel. Sa vie différait de celle d'Antoine. Ils n'avaient en commun que des souvenirs : rien ne s'aigrit aussi vite. Pourtant, chaque année, au commencement de l'automne, quand Antoine et Marianne étaient de retour à Paris, il leur téléphonait fidèlement, prenait de leurs nouvelles et promettait de s'arranger pour les voir. Il était invité quelques semaines plus tard à dîner; il venait parfois, puis disparaissait pour le reste de l'hiver.

Un jour, en passant dans l'île Saint-Louis, il eut envie de revoir son ancienne maison. Il monta à tout hasard chez les Carmontel; Marianne était seule. Elle avait avancé un petit tabouret près du feu et se tenait assise tout près des flammes, la joue appuyée sur sa main. « Elle a enlaidi », songea-t-il. Elle portait une robe noire et, au poignet, un cercle d'or, qu'elle caressait machinalement en parlant.

Ils ne s'étaient jamais trouvés ensemble, sans témoin. Chacun savait que toute une partie de la vie de l'autre, de son passé, et la partie la plus secrète, la plus significative, lui était aussi familière qu'à l'intéressé lui-même ; ils n'étaient pas, l'un pour l'autre, ces êtres à deux dimensions que chacun est plus ou moins pour son prochain, inconnu, inintelligible, entouré d'ombre et si indéchiffrable qu'il n'éveille même pas l'intérêt. À moins d'y être poussé par une passion ou un attrait particulier, personne n'essaie vraiment de comprendre la vie intérieure d'autrui ; on sait trop bien que cela est impossible ; mais, lorsque le passé, ignoré de tous, vous est perceptible à vous seul, tandis que le présent vous reste obscur, cela forme un être à demi connu, à demi secret encore, qui ressemble à ces anciennes cartes géographiques, où les terres marquées en blanc piquent la curiosité du voyageur.

Ils n'échangèrent tout d'abord que les paroles les plus banales, les plus discrètes. Physiquement, chacun trouvait l'autre changé. Marianne finit par dire :

« C'est comique. Je n'arrive plus à retrouver le visage que j'ai connu. Celui qui est devant moi en ce moment me déconcerte. »

Il ne répondit pas du même ton de plaisanterie. Il dit :

« Vous vous coiffez autrement. J'avais gardé de vous une image extrêmement précise. Vous n'y êtes pas restée fidèle. Cette maison n'est plus la même ; ni Antoine. Vous avez tout transformé autour de vous avec cette terrible, douce obstination des femmes à laquelle rien ne résiste, pas plus qu'à l'eau qui use la pierre. Et, ayant changé votre univers, vous vous êtes adaptée à lui. C'est bien fait pour vous. Vous êtes devenue une sage Marianne, une vertueuse Marianne. Je n'en doute pas. Une heureuse Marianne... Êtes-vous une heureuse, Marianne ? demanda-t-il tout à coup.

— Le bonheur conjugal ne ressemble pas plus au bonheur tout court que l'amour conjugal ne ressemble à l'amour, dit Marianne.

— Pourquoi ?

— Il est négatif, je crois… Fait d'une somme de malheurs victorieusement déjoués.

— Ne me dites pas cela. Je songe à me marier. Mais j'ai compris enfin ce qu'il me fallait. Une femme docile, humble, n'élevant qu'à peine la voix en présence du maître, dit-il en souriant.

— Vous la trouverez facilement ?

— À vous dire le vrai, elle est déjà trouvée. Une jeune fille que j'ai connue en Angleterre. Elle est pauvre, jolie. C'est une petite Française ; elle s'appelle Lucile Brun. Elle ressemble par certains traits à Solange jeune…

— Avez-vous revu Solange ?

— Oui… Pauvre femme… Je l'ai aperçue un instant. On m'a dit qu'elle avait eu un accouchement terrible… un enfant mort, et qu'elle resterait toute sa vie une malade…

— C'est vrai. Avec des soins infinis on pourra sans doute prolonger son existence de quelques années, mais elle ne guérira jamais. »

Ils se turent.

Elle avait détourné le visage et jouait avec le bracelet d'or passé à son poignet.

« Vous portiez un collier d'ambre et une robe rouge, fit-il tout à coup.

— Quand ? De quoi parlez-vous ?

— D'une nuit de Pâques, dans un petit restaurant au bord de la Seine. Existe-t-il encore ? Que je voudrais y retourner ! »

Leurs paroles étaient neutres, banales, prudentes ; leurs regards seuls s'interrogeaient et se répondaient avec une sincérité totale :

« Je suis seul. J'ai toujours été seul, disait Dominique ; je puis te donner tant de bonheur.

— Moi, songeait Marianne, je ne suis plus satisfaite de ma vie. Peut-être n'ai-je jamais été satisfaite ? Peut-être la mort d'Évelyne m'en donne-t-elle seulement conscience ? Ce que tu peux m'offrir, amitié ou amour, ou le plaisir d'un instant, je l'accepterais, je le prendrais, avec toutes ses chances de malheurs futurs pour redonner à ma vie ce goût âpre et fort qu'elle a cessé d'avoir. »

Ils levèrent les yeux l'un vers l'autre et, sans rien dire, sentirent qu'ils s'étaient compris.

C'était un jour froid et sombre ; on n'avait pas fermé les persiennes ; des lumières faibles, à peine voilées, paraissaient aux fenêtres des maisons. Dominique était extrêmement sensible à certains jeux d'ombre et de clarté ; ils lui donnaient ce frisson de poésie que l'art, à présent, avait presque cessé de lui procurer. Peut-être parce qu'il avait abusé des livres, de la musique et des tableaux, il s'approchait d'eux moins en amoureux qu'en juge.

« Quand j'étais enfant, dit-il enfin, lorsque je me sentais trop malheureux au collège, je quittais l'étude, j'allais jusqu'à un corridor, où s'ouvrait une petite fenêtre. En bas, à cette heure-là, dans une cour sombre on allumait un bec de gaz. Je contemplais aussi longtemps qu'il m'était possible cette petite flamme verte, immobile. Je ne peux pas vous exprimer quel apaisement elle versait en moi. Ce couloir sentait une odeur d'encre, de poussière et de craie que je crois respirer encore. Jamais rien depuis ne m'a donné une sensation analogue de tendresse et de mystère. Mais tout cela est intraduisible. Ainsi pourquoi le tintement de votre bracelet me procure-t-il une joie mélancolique, comme si je retrouvais le souvenir d'un être cher, disparu ? Pourquoi ?... Savez-vous à quoi je pense depuis que je vous ai revue... Il y a des mois de cela, n'est-ce pas ?... Je ne savais pas que j'aurais un jour le courage de vous le dire... Je pense à ce qui aurait pu être. Vous connaissez cet état d'amour diffus que l'on ressent dans la jeunesse, qui erre et se fixe au hasard. J'ai aimé Solange, et vous, Antoine. Mais nous aurions aussi bien pu nous aimer. Êtes-vous heureuse ? répéta-t-il.

— Sincèrement ? Non.

— Croyez-vous qu'avec un autre... qu'avec moi... vous auriez pu être plus heureuse ?

— Je ne sais pas. Peut-être... Je n'y ai jamais songé... Il ne s'agit pas de bonheur.

— Non, sans doute... Mais ne croyez-vous pas que l'on passe ainsi sans le reconnaître devant le véritable chemin où les dieux voulaient nous engager ?

— Que ne l'ont-ils fait alors ? murmura-t-elle en s'efforçant de sourire.

— Comment savoir ? Nos désirs sont plus forts peut-être que leur volonté... pour notre malheur. Enfin, moi, ma vie s'écoule en vains regrets. Croyez-vous que toute vie implique nécessairement un échec ? C'est une pensée désolante, desséchante. Peut-on se résigner ? Le faites-vous ? Êtes-vous fidèle à votre mari ? demanda-t-il brusquement.

— Absolument fidèle.

— Même en pensée ?

— Personne n'est absolument fidèle en pensée.

— Croyez-vous ? Il me semble que j'attacherais à cela énormément d'importance. À cela, par-dessus tout. Je sais que je suis d'une exigence qui me rend la vie difficile. Je ne suis jamais satisfait ni des autres, ni de moi-même. Je ne conçois l'amour qu'absolu, la fidélité, la compréhension, l'amitié parfaites, au sein même de l'amour. Je n'imagine pas autre chose. Je n'accepterais que cela. J'ai longuement réfléchi à cela. Pour moi, il n'y a que trois solutions : celle que j'ai dite, et qui suppose la rencontre d'un être exceptionnel, ou n'avoir que des femmes de passage, comme on va boire un verre au bar, avant de rentrer travailler, ou le mariage avec une fille qui reconnaîtra sa place de servante admise au lit du maître. Mais la première solution, la croyez-vous impossible ? »

Ils se regardèrent avec un sentiment proche de l'effroi. Il leur semblait tout à coup que des années avaient passé depuis l'instant où ils s'étaient trouvés ainsi seuls, assis de chaque côté de la cheminée. Les flammes étaient éteintes : une braise rouge éclairait la chambre. On n'entendait pas de bruit dans l'appartement ; les enfants étaient en visite chez Mme Carmontel. Martin s'était retiré dans l'office, et toutes les portes étaient closes. Ce silence inhabituel frappa tout à coup Marianne. Elle passa lentement la main sur son visage :

« Quelle heure est-il ? Il est tard ?

— Non. Mais il me semble comme à vous qu'il s'est écoulé un très long temps… Je ne savais pas, en commençant à vous parler, jusqu'où ceci nous mènerait… Ne vous y trompez pas, Marianne. Cela est pour nous d'une gravité extrême. Presque malgré nous, quelque chose est né qu'il n'est plus en notre pouvoir d'étouffer. Nous existons l'un pour l'autre, nous qui n'étions que des indifférents. J'imagine qu'un jour peut venir où le reste du monde nous sera indifférent. »

Un peu plus tard, le téléphone sonna dans l'appartement. Ils se séparèrent sans un mot.

31

La faillite des papeteries Verhaere et Louis Carré, une vieille et solide maison qui avait patronné jusqu'alors l'affaire de Lennart et Carmontel, entraîna presque cette dernière dans sa perte. Lennart et Carmontel lui avaient fait crédit d'une somme assez forte, et cette dette suffisait à détruire l'équilibre d'une maison jeune et déjà compromise plus d'une fois par les imprudences de Lennart.

Celui-ci, dont la fortune personnelle était cependant considérable, lorsqu'il eut appris l'étendue du désastre, prit peur et ne songea qu'à se défaire de ses actions. Ceux qui désiraient racheter l'affaire seraient débarrassés tôt ou tard d'Antoine ; ils formaient une vaste famille d'industriels cévenols, forte et unie ; ils distribuaient tous les postes importants uniquement à des parents ou à des proches.

Antoine voulait à tout prix garder sa place. Depuis longtemps, il avait cessé de compter avec Lennart ; il le supportait par nécessité, mais craignait sa vanité et sa légèreté ; il lui proposa de racheter ses actions, put emprunter de l'argent et se trouva bientôt seul maître de la maison, mais elle était à deux doigts de

la faillite. Il comprit seulement alors ce qu'elle signifiait pour lui. Il éprouvait un sentiment de pudeur
irritée, de gêne, en voyant jusqu'à quel point il s'y
était attaché. Parfois, quand il se souvenait de certains moments de son passé, de cette nonchalance
qui avait été la sienne, de sa liberté passionnément
chérie, de toute une part de lui-même qui avait été
à ses yeux tout lui-même, et qui se transformait lentement, insensiblement, sûrement, formant de lui un
être qui avait les mêmes traits, le même état civil, et
une autre âme, il s'étonnait : il était tenté de se traiter
avec mépris. Il avait honte d'attacher tant d'importance à une petite affaire d'importation et d'expor-
tation de pâtes à papier, d'être arrivé à la considérer
avec estime, reconnaissance et tendresse.

Il se rappelait le souvenir abhorré de l'oncle Jérôme
qui avait fini par substituer la vie de son usine à la sienne
propre, qui avait borné tous ses regards aux cheminées
de l'usine, qui était mort d'avoir travaillé avec excès,
et dont l'usine, aux mains des héritiers, avait presque
aussitôt cessé d'exister. Il avait connu, lui aussi, sans
doute, ce sentiment inquiet et jaloux, presque semblable à l'amour, qu'éprouvait Antoine.

L'unique consolation d'Antoine, depuis la mort
d'Évelyne, était ce bureau, les heures à la fois lourdes
et brèves qu'il y passait, l'impression de solidité, de
sérieux que donnaient les conversations d'affaires, les
chiffres, les dossiers, les bilans qui formaient comme
une palpable réalité, comme un roc dans un torrent de
vaines apparences.

Hors du bureau, il était perdu. Le soir, aussitôt
le dîner fini, il se couchait, s'endormait, ou, plutôt,

s'abîmait, par force, à coups de somnifères, dans un noir sommeil. Le désir de la mort, qui ne l'avait pas quitté depuis la nuit où il avait appris la fin d'Évelyne, devenait par moments si fort, si véhément, qu'il redoutait de se trouver seul au bord de l'eau, qu'il avait cessé d'aller à la chasse pour ne plus sentir une arme à portée de sa main. Parfois même, par certains crépuscules d'hiver, sombres et glacés, il usait de subterfuges pour que Marianne vînt l'attendre au bureau et rentrât avec lui. Personne n'avait le soupçon le plus vague de ce qu'il ressentait. Il le cachait, il s'en défendait, mais de jour en jour davantage il cédait à ce désir. L'homme ne meurt pas tout d'un coup. Bien des années avant l'accident ou la maladie qui l'emporteront, il faut que, dans son cœur, il consente à la mort, qu'il la reconnaisse, qu'il l'accueille. Avant le corps, l'âme doit mourir, défaire un à un tous les liens terrestres qui la retiennent encore, faire en soi le vide, le silence.

Antoine était arrivé à ce point de détachement où l'individu cesse de s'intéresser à lui-même. Il souhaitait, il attendait, il appelait la mort.

Un jour Marianne le vit apparaître au seuil de sa chambre ; il prononça quelques mots indifférents d'une voix lasse et sèche, puis la laissa brusquement et entra au salon. Elle le vit gagner le canapé et s'étendre. Il resta quelque temps ainsi, puis, tout à coup, se redressa et appela :

« Marianne ! »

Elle ne répondit pas. Elle était debout devant la glace.

Elle avait mis son chapeau et ses gants ; elle allait sortir. Lui, alors, se leva, revint vers elle et parut seulement s'apercevoir qu'elle était prête à partir. Il demanda :

« Où allez-vous ? »

Elle répondit au hasard :

« Moi ? Chez les Guilhem. »

(Elle devait retrouver Dominique.)

Elle voulut passer. Il l'arrêta ; il n'avait plus la force de rester seul ; il la regardait avec une angoisse profonde, avec un misérable espoir, comme si d'elle seule il eût attendu un secours.

« Restez avec moi, dit-il enfin à voix basse : je ne veux pas rester seul. Je ne *peux* pas rester seul.

— Mais c'est impossible ! On m'attend.

— Oh ! cela ne peut être si important, Marianne ?

— Important, non. Mais… Laissez-moi, fit-elle tout à coup avec un accent de colère contenue, dont il ne parut pas tenir compte.

— Vous ne pouvez pas souffrir les Guilhem ! Restez avec moi ! »

Il se tenait debout devant la porte, lui barrant le passage. Jamais elle ne l'avait vu ainsi.

« Non ! Laissez-moi ! Je reviendrai de bonne heure.

— C'est maintenant que j'ai besoin de vous.

— Non ! »

Elle le repoussa presque avec haine : en ce moment, elle avait cessé de ressentir envers lui de la tendresse ou de la pitié ; il n'était que le mari, l'obstacle à son désir. Elle le saisit par le bras pour l'écarter de la porte et se souvint tout à coup du mouvement par lequel, autrefois, elle avait meurtri ses doigts contre un meuble clos, le jour où elle devait retrouver Antoine, son amant, dans le petit square voisin de la maison où elle habitait, jeune fille. Aveugle mouvement de fureur, si étranger, croyait-elle, à sa nature profonde, passion insensée qu'elle reconnaissait avec terreur, qui prenait corps et vie dans son âme. Ainsi, en ce temps-là, pour courir vers Antoine, elle avait meurtri ses poings contre un tiroir fermé à clé. Pour courir vers lui… qui n'était pas venu… elle eût aussi bien tué de ses propres mains celui qui lui eût barré la route.

Antoine la laissa passer. Mais au moment où elle s'élançait au-dehors, il la retint et demanda :

« Où sont les enfants ?

— En promenade. Ils ne rentrent qu'à six heures.

— Ah ! » fit-il tout bas.

Il la quitta, s'assit sur le canapé, puis s'allongea, la tête tournée contre le mur.

« Qu'est-ce que c'est ? » murmura Marianne.

Mais elle ne faisait pas un mouvement vers lui : elle eût tenté en vain d'éveiller en elle-même un souffle de bonté. Elle était tout entière désir, passion, habitée par la pensée d'un autre.

« Qu'est-ce que c'est ? Dites-le-moi, au moins ?… Êtes-vous malade ? Malheureux ? Avez-vous des ennuis ? Quoi ?

— Rien. Seulement, fit-il en prononçant les mots avec effort entre ses lèvres serrées, je voulais vous garder ce soir, voilà tout.

— Encore !… Mais je vous ai dit non ! »

Et elle tressaillit en entendant ce cri sortir de sa bouche.

« Je ne peux pas rester ! Je ne le veux pas », acheva-t-elle plus bas.

Il avait caché son visage contre son bras replié. Il répondit enfin :

« Bon… ça va… partez ! »

Elle se précipita au-dehors. Elle descendit en courant quelques marches, et aussitôt elle s'arrêta, passa lentement sa main sur son front. Quelle scène étrange !… Pas un instant elle ne crut qu'il la soupçonnait. Il ne s'occupait guère d'elle. Il avait pitié de lui-même, de lui seul. De nouveau elle se rappelait le jour où il lui avait donné rendez-vous dans le petit square. Elle le revit dans sa mémoire, ce garçon qui l'avait tant fait souffrir, si jeune alors, arrogant, plein de la grâce insolente de l'extrême jeunesse, et que quelques années avaient suffi à changer ainsi.

« C'est un autre homme, songea-t-elle. Et aujourd'hui, il a l'accent, les mouvements d'un homme touché, frappé à mort. »

Elle n'avançait plus. Elle ne pouvait pas s'en aller et le laisser seul. Il ne s'agissait plus d'amour, mais elle était, malgré elle, solidaire de sa joie et de sa souffrance. Même dirigée contre elle, cette souffrance était à demi la sienne : elle en éprouvait le contrecoup, l'angoisse, le remords, la terreur.

Les années de vie commune avaient accompli, presque à l'insu des époux, leur secret travail : de deux êtres elles avaient fait un seul. Tous deux pouvaient se combattre, se haïr par instants, mais ils étaient un, comme deux fleuves qui ont confondu leur cours.

Lentement, elle remonta, revint sur ses pas, ouvrit la porte sans bruit. Il n'avait pas bougé de place ; son visage était caché dans ses bras, comme au moment où elle l'avait laissé.

218

Elle s'assit auprès de lui, ôta son chapeau, puis doucement passa sa main sur les joues et les cheveux d'Antoine ; elle dit enfin à voix basse :

« Tu n'as plus peur ? »

Il ne répondit rien, mais elle sentait le corps de son mari trembler contre elle. Elle ne le caressait plus ; elle appuyait fortement sa paume sur l'épaule courbée d'Antoine et la serrait de toutes ses forces, comme si elle eût voulu faire pénétrer en lui, fût-ce au prix d'une douleur, le sentiment de sa présence.

Il poussa un faible cri :

« Marianne !… Si tu savais !… »

Elle le saisit plus fortement encore, presque avec brutalité, dit tout bas :

« Non, non, tais-toi, ne dis rien, ne bouge pas ! »

Quelques instants s'écoulèrent. Il ne prononçait plus une parole. Ses yeux étaient fermés. Peu à peu, elle desserra sa main, la laissa retomber avec un imperceptible soupir :

« Que puis-je faire pour vous ? »

De nouveau il déroba son visage :

« Marianne, partons ! Le plus vite possible… Choisissons l'endroit le plus sauvage, le plus solitaire… Je ne veux voir personne, pas même les enfants… Toi seule… J'ai peur, Marion, j'ai peur ! Je suis malade », dit-il plus faiblement, effrayé de l'éclair de sincérité qui avait jailli hors de lui, malgré lui, et, aussitôt, il chercha un mensonge :

« Je suis surmené, malade. Dès demain, je veux partir. Tu viendras avec moi ? Marianne ! Réponds !

— Je viendrai avec toi, dit Marianne sans lever les yeux.

— Demain ? Non ? Après-demain ? Quand ?

— Quand vous le voudrez. »

Il porta ses deux mains jointes à son front, puis les dénoua d'un geste las et désespéré. Elle demeura auprès de lui, en silence. Une demi-heure s'écoula. Enfin, elle sentit, à son souffle égal, qu'il s'endormait.

32

À la fin de la semaine, Antoine et Marianne devaient partir. Elle avertit Dominique et, la veille de son départ, tous deux déjeunèrent dans un restaurant voisin du Luxembourg.

C'était le jour d'été le plus chaud, le plus doux qu'on pût rêver : tous partaient, se hâtaient hors de Paris. Sur le trottoir, pâle de soleil, devant les fenêtres de Foyot, on voyait passer des jeunes gens qui tenaient par le bras des filles en robes claires.

Un garçon solennel s'approcha de la table où Dominique et Marianne étaient assis et tira devant eux un store de coutil d'un rose passé.

Marianne avait chaud; elle était lasse; elle rejeta doucement la tête en arrière et murmura :

« Quel calme...

— Oui, une nécropole », dit-il en portant à ses lèvres son verre plein d'admirable vin rouge.

Mais il but à peine et, le reposant en face de lui, le fit tourner lentement entre ses doigts. Elle expliquait où se trouvait la villa qu'elle avait louée :

« Dans les Landes, l'endroit le plus sauvage qu'on pût rêver, tel qu'il le souhaitait.

— Et moi ? fit Dominique à voix basse.

— Je reviendrai à l'automne. Vous serez encore ici, n'est-ce pas ? Vous ne partez plus ? Vous êtes si libre, vous… Rien ne vous presse… »

Elle attendait, elle espérait sans doute, un cri, un appel, quelque chose enfin de semblable aux paroles prononcées par Antoine, mais entre Dominique et elle jouaient encore tous les sentiments qui avaient autrefois existé entre Antoine et la jeune fille qu'elle avait été. Ces sentiments que les années de vie conjugale avaient réussi à abolir, elle les retrouvait maintenant, pour un autre… L'orgueil, le désir d'être la plus forte, jusqu'à cette sourde haine qui, parfois, s'éveille au cœur même de l'amour.

Dominique se tut. Alors, et sans qu'aucun mot fût ajouté, ils comprirent qu'ils ne se reverraient plus que comme des indifférents.

Les voyant silencieux, le garçon s'approcha d'eux pour verser encore du café dans leurs tasses.

« Non, dit Marianne, partons. »

Il demanda l'addition. Tandis qu'il payait, elle arrangeait le col de sa jaquette devant une grande glace, seule surface claire, avec le plafond blanc, parmi des murs bruns, des banquettes de velours rouge. Un arôme à peine perceptible de filtre, de fraises, d'excellente et vieille fine, la couleur riche et sombre des tentures pénétraient dans sa mémoire avec cette singulière insistance, à la fois discrète et tenace, de certaines heures qui ne glissent pas, ne fuient pas, comme les autres, hors d'atteinte, mais semblent dire au passage : « Moi, tu me garderas.

Moi, je fais partie de ces rares, de ces pauvres minutes qui ne te seront pas reprises, aussitôt données. Fais le compte. Nous ne sommes pas nombreuses. Il y a eu quelques instants tout au commencement de l'enfance, puis ce matin de Pâques, si calme, quand tu regardais couler l'eau sous les fenêtres de l'hôtel, puis l'attente solitaire dans le petit square, un jour de neige. Quoi encore ? Les cris des enfants nouveau-nés... Je ne pense qu'aux souvenirs heureux. Les autres... Hélas ! ceux-là marquent. On ne peut s'en défaire. Mais les instants, sinon de bonheur, du moins de cette émotion aiguë et douce qui mêle le désespoir au bonheur... qu'ils sont rares... Il faut bien regarder, il faut bien se souvenir... Ce store rose, les dernières fraises, les mains de Dominique qui tremblent en m'aidant à m'habiller », songea-t-elle en sentant sur son cou le tressaillement léger qui agitait les doigts de Dominique, tandis qu'il l'aidait à enfiler les manches de sa jaquette bleue. Elle lui sourit.

« Où allons-nous, maintenant ?

— Chez moi. »

Elle inclina la tête. Cela ne changerait rien, hélas !...

Au soir, au moment de se séparer (il l'avait accompagnée jusqu'au coin de la rue où elle habitait), ils ne s'embrassèrent pas, ne se serrèrent même pas la main, mais pressés, bousculés par la foule, ils attachèrent l'un sur l'autre un regard qui voulait retenir jusqu'au moindre trait du visage, des yeux, du sourire. Pour elle, ce corps maigre, un peu penché en avant, cette expression ardente, anxieuse, ce petit pli au coin de la bouche, fine et circonspecte. Pour lui, les cheveux défaits sous le chapeau noir rejeté en arrière, ces joues minces qui se pinçaient délicatement aux commissures des lèvres dans l'effort, sans doute, de taire des plaintes ou des aveux inutiles.

Brusquement, elle le quitta.

33

La maison qui portait à présent le nom seul de Carmontel connaissait des jours meilleurs. Il fallait la surveiller de près encore, la mener d'une main prudente et douce. En automne, quand Antoine fut de retour à Paris, les affaires avaient repris ce parcours hérissé de difficultés vaincues, de catastrophes esquivées de justesse, de mécomptes, d'échecs, de rares réussites que l'on appelle la marche normale d'une maison.

En 1926, la hausse, puis la baisse brutale de la livre lui portèrent un nouveau coup. De nouvelles dettes reparurent. Des économies sévères à la maison devinrent nécessaires. Il fallut vendre l'auto, renvoyer la nurse. Marianne n'avait jamais connu le manque d'argent. Il lui parut moins pénible par les ennuis qu'il apportait avec lui que par ceux qu'il préfigurait, qu'il permettait d'appréhender. Ils songèrent à déménager : l'appartement leur paraissait trop cher. Cela les désolait tous les deux. Ils s'étaient attachés à cette maison, comme à un être humain. Ils arrivaient à l'âge où l'homme cesse d'avancer seul dans la vie, où, de toutes parts, le pressent des fantômes ; il les repousse encore, recherche passionnément ses compagnons, les vivants, mais il lui faut compter avec les ombres, en attendant le jour où il ne connaîtra qu'elles.

À la force que prenaient certains souvenirs et au changement des enfants, qui avaient cinq et trois ans maintenant, Marianne et Antoine pouvaient mesurer le temps écoulé.

Les enfants étaient beaux, en bonne santé : Gisèle, rose et vigoureuse; François, plus nerveux, plus fragile, aux jambes maigres et infatigables, tous deux bruyants et querelleurs; depuis que Marianne avait renvoyé la nurse, ils étaient en constante compagnie; ils réclamaient une vigilance de tous les instants. Ils l'occupaient sans cesse et chaque jour davantage. Parfois il lui semblait que ces petites mains impatientes, par leur hâte, par leur avidité, lui arrachaient le temps. On court, haletant, après quelques minutes précieuses qui fuient, emportées par ces petits corps joyeux, ces pieds bondissants.

« Ils vous mangent vivants, et on les bénit », songeait-elle.

D'ailleurs, elle leur était reconnaissante de ne pas lui permettre le loisir, l'attente, l'ennui : ainsi qu'elle l'avait pensé, elle n'avait plus trouvé Dominique à son retour à Paris, en 1926.

L'année suivante, Mme Carmontel tomba malade. Elle, qui avait passé sa vie à déplorer sa mauvaise santé, s'était toujours vantée de posséder un estomac en parfait état, ce qu'elle attribuait à la sobriété et à la discipline des repas qu'elle observait, repas minutieusement dosés, servis à l'heure exacte, contenant le nombre de calories et de vitamines nécessaires, sans un gramme d'excédent. Ce fut l'estomac pourtant qui, dans ce corps fragile, menacé de toutes parts et depuis trente-quatre ans, victorieux de ses maux, céda le premier. Cela commença par des brûlures, de l'inappétence, puis un ulcère se forma, enfin, une tumeur. Il fallut l'opérer.

On prévint Antoine dès que l'opération fut décidée. Depuis longtemps, il n'éprouvait plus envers ses frères ni sa mère d'autre sentiment que celui d'une mélancolique indifférence. Il se rappelait même avec effort les raisons de sa rancune, de cette brouille : tant d'eau avait coulé depuis…

Les médecins avaient prévenu Gilbert, Pascal et Antoine qu'il y avait peu d'espoir qu'elle survécût à l'opération : l'organisme était usé et à la dernière limite de ses forces, mais on éviterait ainsi des souffrances plus grandes encore et inutiles, et il restait la chance de quelques mois de grâce, une année, peut-être. Mais presque aussitôt après l'opération il apparut clairement que la vieille femme était touchée à mort et qu'elle ne quitterait pas vivante la clinique.

Antoine allait la visiter souvent. Il ne souffrait pas à l'idée de la perdre, mais la perspective de cette mort comme autrefois celle de son père colorait toutes choses de teintes funèbres. Elle s'affaiblissait rapidement, mais le vieux cœur ne s'abandonnait pas, luttait avec un courage, une constance qui étonnaient les médecins.

Mme Carmontel avait été transportée dans la clinique les derniers jours de l'année 1927 ; elle y passa les fêtes de Noël, le premier de l'an. À la fin de janvier, elle y était encore et il n'y avait dans son état aucun changement visible. Elle sommeillait presque tout le temps, puis, tout à coup, s'éveillait, s'impatientait contre la garde ou le médecin et retombait dans sa torpeur. Parfois, elle disait aigrement :

« Vous le verrez, je ne sortirai d'ici que pour aller au cimetière. »

Mais il était visible qu'elle ne le croyait pas.

Joséphine était installée auprès d'elle. Parfois, Mme Carmontel, en soupirant, lui confiait à elle seule :

« Ma fille, je voudrais bien être rentrée chez nous. »

Puis, d'un ton querelleur et plaintif :

« Ils disent tous que je vais mieux... Mais je suis faible... J'ai maigri, je le sens... Ne croyez-vous pas, Joséphine ? »

Joséphine regardait alors le corps décharné qui soulevait à peine les draps et demandait :

« Madame croit ? »

Mme Carmontel haussait faiblement les épaules :

« Madame croit... Madame croit... Mais il ne s'agit pas de ce que je crois, moi ! Je vous demande votre avis ! »

Joséphine tardant à répondre, elle fermait les yeux avec une expression de résignation et de dédain irrité, disait à mi-voix :

« Elle devient sotte, cette fille... »

Et se taisait.

Les trois frères, libres à peu près aux mêmes heures, lui rendaient visite un peu après le déjeuner. Un jour, pourtant, Antoine, qui n'avait pas pu venir à l'heure habituelle, se rendit chez sa mère tard dans l'après-midi. Les lampes étaient déjà allumées. Il n'avait jamais vu la chambre autrement qu'à la clarté du jour. Ce fut à cette différence d'éclairage qu'il attribua tout d'abord le changement survenu dans le visage de sa mère. Elle paraissait plus abattue que de coutume. Elle leva à peine les paupières quand il entra, elle qui l'accueillait en général avec un demi-sourire qui s'achevait en grimace et quelque phrase de ce genre :

« Entre ou sors. Tu vois bien qu'on gèle… »

ou :

« Toi ? J'allais m'endormir. »

On avait jeté un morceau d'étoffe sur la lampe ; le visage était dans l'ombre. Tantôt, elle croisait ses mains sur la poitrine. Tantôt, avec un soupir, elle les laissait retomber de chaque côté de son corps, et elle était alors si parfaitement immobile qu'Antoine songeait : « C'est la fin », mais Joséphine et la garde, assises auprès du lit, parlaient à voix basse, sans paraître émues ni inquiètes.

En apercevant Antoine, toutes deux se levèrent, et Joséphine avança un fauteuil auprès du lit.

« Est-ce qu'elle dort ? chuchota Antoine.

— Elle va s'endormir.

— Comment va-t-elle aujourd'hui ?

— Toujours la même chose.

— Le cœur ?

— Le cœur tient. »

Elle ne bougeait pas. Il attendit quelques instants. La garde ouvrit doucement la porte et se retira dans le cabinet de toilette voisin. Joséphine la suivit.

Une lourde tristesse envahissait Antoine ; on n'entendait pas un bruit, pas même la respiration de la vieille femme. Jamais elle n'avait paru aussi calme. Antoine regarda machinalement les potions rangées sur la table au pied du lit, lut les étiquettes, puis il prit, un à un, les objets personnels de sa mère, qu'elle avait emportés à la clinique et qu'il avait toujours vus, boulevard Malesherbes, dans la chambre à coucher de ses parents. Un petit cadre d'argent contenait une photo : sa mère jeune, avec les trois enfants dans ses jupes ; lui, le dernier, appuyé aux genoux que recouvrait une ample jupe de drap noir brodé de soutaches.

« Je me souviens de cette jupe, songea-t-il tout à coup : maman la portait avec un corsage de velours. »

Il lui semblait sentir sous ses doigts le contact de ce drap et de ce velours et des galons un peu rêches qu'il décousait sournoisement à coups d'ongle.

« J'étais malfaisant… l'image de François… »

À côté, l'éventail fermé, le crayon contre la migraine dans son étui d'ivoire et d'argent ; enfin, un livre relié de bleu qu'il avait constamment vu et qu'il n'avait jamais songé à ouvrir. Il savait que c'étaient les poésies de Musset. Il tourna les pages, lut au hasard quelques vers, regarda machinalement la page de garde et lut les quelques mots de l'écriture de son père : « Pour Manouche », et une date qui devait remonter aux premières années du mariage de ses parents.

« Manouche ? songea-t-il, se souvenant des quelques mots murmurés par son père au moment de mourir : c'était donc elle… C'est drôle. Jamais il ne l'appelait ainsi, devant nous… Que les êtres nous demeurent fermés, inconnus, mystérieux. Et pourtant, si nous observons volontiers le secret vis-à-vis d'autrui, il existe des créatures humaines auxquelles nous voudrions passionnément laisser de nous une image fidèle. Ce sont nos enfants. Mais ceux-là, précisément, n'ont pas de nous la moindre curiosité et se contentent uniquement des plus vaines apparences. »

Il tenait encore le livre entre ses mains quand Mme Carmontel ouvrit les yeux et le regarda. Il vit aussitôt qu'un changement effrayant, intraduisible en paroles humaines, venait de se produire.

Il fit un mouvement pour appeler la garde, mais déjà elle était là. On fit à la vieille femme une piqûre qu'elle ne parut pas sentir. Elle semblait chercher autour d'elle, avec une expression d'angoisse, de prière et presque de menace.

« Que veut-elle ? Que désire-t-elle ? » demandait Antoine tour à tour à Joséphine et à la garde ; en cet instant, il n'avait qu'un désir : comprendre ce qu'elle voulait, exaucer ce dernier souhait.

« Quand mon père est mort, songeait-il, de même il s'inquiétait, demandait quelque chose que nous ne pouvions pas lui donner. Mais elle paraissait comprendre. Maintenant, elle est seule ; elle ne peut pas parler. Je ne puis rien faire pour elle. »

Il se pencha vers sa mère :

« Que voulez-vous ? Tâchez de répondre par un signe… Je ferai tout ce que vous voulez. Est-ce Gilbert ? Pascal ? Est-ce Bruno ? Mes petits à moi ? »

Il pensa tout à coup que c'était son mari qu'elle demandait. Sans doute avait-elle oublié sa mort…

Il demanda :

« Papa ? »

Joséphine prit sur le fauteuil auprès du lit un fichu de laine blanche et le mit entre les doigts de la mourante qui, aussitôt, s'apaisa.

« Elle aime tenir ce fichu dans les mains, expliqua-t-elle à voix basse à Antoine et à la garde : il est chaud, et c'est elle-même qui l'a tricoté. C'est son dernier ouvrage. »

Ainsi, tout ce qui avait semblé, tour à tour, important, précieux, unique au monde, s'effaçait. Du passé, de l'amour, rien ne restait, pas même le souvenir. À quoi bon regretter, se désespérer, songeait Antoine, puisque à l'heure dernière il ne subsisterait que l'attachement à un objet, que le désir d'un verre d'eau, d'un dernier rayon de soleil sur un mur d'hôpital, qu'un fichu de laine ou la douceur d'un volant à ramages qui voile l'éclat d'une lampe ?

Pour se préparer à cette pauvreté, au suprême dénuement de la mort, comment ne pas se dépouiller à l'avance de toute passion, ne pas abandonner peu à peu tous les désirs de l'âme ?

Quelques heures après, sans excès de souffrances, la vieille Mme Carmontel mourut.

34

L'héritage laissé par Mme Carmontel, sans être aussi
considérable qu'elle-même l'eût souhaité, fut pourtant
d'un grand secours pour Antoine.

Il donna lieu à beaucoup de transactions entre lui et
ses frères. Les deux aînés trouvèrent qu'Antoine avait
changé à son avantage, qu'il paraissait assagi, moins
ironique, « plus humain », disait Pascal. Antoine, de
son côté, appréciait la prudence, la pondération de ses
frères, leurs jugements d'hommes rompus aux affaires,
versés dans la loi, ayant de toutes choses une connaissance, sans doute limitée, mais sûre.

Contrairement à ce qu'on croit, l'homme n'est cynique,
en général, que dans l'extrême jeunesse ; à mesure que sa
vie s'écoule, il a moins de dureté et moins de courage.
Le jeune homme chérit la réalité ; l'homme mûr la subit
et le vieillard, plus sage, la fuit, mais en vain, car elle le
rejoint à la dernière heure. Quelques années auparavant,
Antoine se fût avoué à lui-même, sans honte, que la raison de sa sympathie soudaine pour ses frères, et de son
oubli des injures, tenait en ceci, qu'il estimait enfin à sa
juste valeur l'aide qu'ils pouvaient lui apporter dans ses
affaires par leurs relations, leur expérience, leurs noms,

car tous deux poursuivaient une brillante carrière. Mais Antoine avait cessé d'être un tout jeune homme. Il avait trente-quatre ans ; certains sentiments, dans leur brutalité, lui faisaient horreur ; il préféra mettre sur le compte des liens du sang le désir qu'il éprouvait de se réconcilier avec sa famille. D'ailleurs, celle-ci, mue par les mêmes mobiles, le recherchait : on savait que ses affaires traversaient momentanément une période difficile, mais Gilbert avait pris des renseignements – la maison était solide.

Antoine et Marianne furent donc invités chez les Gilbert Carmontel à un dîner de réconciliation, où se trouvaient également Pascal et Raymonde, et même, pour marquer davantage le caractère à la fois bonhomme et solennel de cette réunion, les deux aînés de Pascal y assistaient.

Aussitôt après le dîner, Solange dut s'étendre. Marianne et Raymonde restèrent avec elle, parlant des enfants. Les deux garçons jouaient aux dominos dans un coin, se bourrant de coups de pied sous le long tapis de la table.

Les hommes fumaient dans le bureau de Gilbert : Solange ne supportait pas l'odeur de la fumée.

Antoine admirait la belle maison qu'il connaissait à peine ; elle était vaste, commode, admirablement arrangée.

« C'est ma femme qui a tout fait, dit Gilbert. Malgré sa mauvaise santé, elle s'est occupée de tout ; il n'y a pas une pièce qui ne porte la marque de son goût.

— Elle a un goût exquis », dit Antoine, songeant à part lui que Dominique Hériot avait pris soin de cultiver ce goût…

Gilbert l'avait bien su, mais il paraissait l'avoir oublié.

« Et pourtant, je croyais que cette aventure serait le drame de sa vie, pensa Antoine ; mais, sans doute, me suis-je trompé. Cependant, il paraît heureux. »

Gilbert soupira :

« Heureusement qu'elle a eu cela pour l'occuper… Car, autrement, toujours malade, sans enfants, sans aucun espoir de maternité, seule dans cette campagne perdue… Ah ! mon bon ami, tu n'imagines pas mon existence, dit-il tout à coup, en baissant la voix, en jetant un regard vers la porte vitrée, close, à travers laquelle on voyait les femmes dans le salon voisin : le souci, l'éternelle inquiétude…

— Ces perpétuelles malades sont plus résistantes que les autres, dit Antoine ; souviens-toi de maman… Que de fois nous avons cru la perdre. Je crois qu'elle ne s'est jamais bien portée depuis le moment de ma naissance ! Cela fait trente-quatre ans !

— Maman était surtout une malade imaginaire ; mais Solange ne fait que traîner une interminable agonie. D'ailleurs, ne crois pas que ce rapprochement que tu fais entre elle et maman ne se soit jamais présenté à mon esprit. Combien de fois, au contraire, j'ai comparé mon sort à celui de père ! Combien de fois je l'ai plaint ! Je comprends maintenant ce que cela peut signifier : une femme malade… Nous le disions si légèrement, tu te rappelles ? Nous trouvions ça tout naturel. Papa était vieux, n'est-ce pas ? Il n'avait qu'à souffrir. Eh bien ! j'ai compris dernièrement cette chose stupéfiante. À ta naissance, c'est-à-dire quand elle a commencé à être malade, papa était plus jeune que moi. Ah ! mon ami, si tu savais ! Ces soins, ces précautions incessantes, ces dîners seul, en face du domestique qui marche sur la pointe des pieds, comme si là-haut reposait déjà un cadavre ! Mais que veux-tu, à la longue, je ne suis qu'un homme. Ce que je te dis va te paraître révoltant, brutal : je n'en peux plus ! J'ai l'impression d'être, moi, vivant, lié à une morte. C'est affreux.

— Elle guérira, elle est jeune », dit Pascal en se versant à boire.

Mais Gilbert secoua la tête :

« Non, non, j'ai cessé de l'espérer. Elle va mieux pendant six semaines, deux mois. On se reprend à vivre, et puis, tout recommence : je ne puis voyager, ni sortir, ni inviter personne. Je ne te parle même pas du mal que cela me fait au point de vue carrière : tu me comprends, et Pascal mieux encore, mais le soir, à l'idée de rentrer ici, le désespoir me prend. »

Raymonde apparut sur le seuil ; elle venait chercher son mari, car les enfants devaient aller en classe le lendemain ; elle ne voulait pas rentrer tard. Gilbert et Antoine restèrent seuls et parlèrent avec animation de la faillite Louis Verhaere et Carré.

Cependant, au salon, Marianne et Solange ne savaient que se dire. Elles s'étaient vues rarement pendant les dernières années. Marianne sentait que son amie enviait sa santé, sa force, ses enfants. La maladie n'avait pas altéré la beauté de Solange, mais elle était d'une pâleur et d'une fragilité telles qu'elle semblait à peine une femme. Depuis longtemps, sans doute, elle vivait hors du lot commun des femmes, de leurs joies et de leurs douleurs.

« C'est pour cela que je me sens gênée avec elle, songeait Marianne ; on éprouve cela envers de très vieilles femmes. Il n'y a rien de commun entre nous, alors qu'entre moi et Raymonde, par exemple, que je déteste, ou entre moi et telle ou telle de mes amies, il y a toujours ce côté femelle, par lequel nous nous ressemblons : le lit, le plaisir, la maternité. »

Solange, la première, parla :

« As-tu des nouvelles de Dominique ? » demanda-t-elle.

Elle ne regardait pas Marianne, mais, fixement, droit devant elle, la fenêtre.

« Non, fit Marianne.

— Vous vous êtes rencontrés, je le sais.

— Oui, parfois…

— Il va se marier le mois prochain. Le savais-tu ?

— Non. Qui épouse-t-il ?

— Une femme qu'il a connue à Londres. Une Française. Assez vulgaire, je crois.

— Solange, demanda Marianne, poussée par une étrange, cruelle curiosité, ou, peut-être, par le désir de faire mal à son tour : est-ce que tu penses toujours à lui ?

— Oui, dit Solange ; moi, tu comprends, je ne vis pas comme les autres femmes. Les journées sont longues et les nuits paraissent sans fin. J'attache peut-être plus de prix qu'ils n'en méritent à de vieux souvenirs. »

Elle remonta doucement le long de son corps la couverture constamment étendue sur ses pieds et ferma les yeux.

« Tu es fatiguée ? murmura Marianne.

— Oui. Pardonne-moi. »

Marianne s'approcha de la porte vitrée et fit signe à Antoine.

« Solange est fatiguée. Nous devrions rentrer. »

Ils revinrent à Paris dans la voiture de Gilbert. Quand ils furent seuls, dans l'escalier de leur maison, Antoine dit :

« Pauvre vieux Gilbert… Quelle existence…

— Crois-tu qu'elle pourra traîner encore longtemps ainsi ? Elle paraît à bout.

— Sa mort serait certainement un bonheur pour tous deux.

— Il l'aime. Il ne l'oubliera jamais. De toute façon, il souffrira.

— Non, dit brusquement Antoine ; on croit que les morts ont un grand pouvoir sur les vivants. Mais non. Ils sont oubliés. Cela n'arrive pas tout de suite, ni facilement, mais le temps passe… et les pauvres morts sont bien oubliés. »

Ils entrèrent chez eux, allumèrent les lampes. Elle s'étendit sur le canapé, prit un livre. Antoine s'approcha du poste de T.S.F. et commença machinalement à tourner les boutons. Avec impatience, il sifflotait en avançant légèrement les lèvres. Elle songea tout à coup qu'elle ne lui avait pas connu ce mouvement autrefois et que pourtant il éveillait en elle un vieux souvenir. Elle pensa :

« Ah ! oui… Évelyne… »

Évelyne… Solange… Dominique… Que d'êtres effacés de sa vie, morts ou partis au loin… Solange, qu'elle venait de quitter, était à peine plus réelle que les autres : elle semblait déjà une ombre. Dominique… Antoine lui-même… Antoine jeune… Il était loin, lui aussi… Elle regardait les mains d'Antoine qui jouaient avec le poste de T.S.F. Elle se rappelait le temps où elle ne pouvait toucher ces belles mains sans ressentir aussitôt le désir d'être caressée par elles. Brusquement elle songea :

« Ceci ne sera jamais plus. Entre nous, rien de pareil désormais ne saurait exister. Ce n'est pas seulement parce que nous avons longtemps vécu ensemble et que le désir s'est effacé. C'est autre chose. C'est une espèce de pudeur. Et autrefois, cependant... Pourquoi ? Que c'est drôle ! Ce flot inégal, lent et puissant de l'amour conjugal, à quelle source faible et corrompue il prend naissance ! Et non seulement j'ai trouvé la pudeur du corps qu'autrefois je ne connaissais pas, songea-t-elle, mais également celle de l'âme. Lorsque le premier feu de l'amour est passé, que de ménagements, que de délicatesses là où, autrefois, on exigeait le fond même des pensées, leur plus trouble profondeur. Peu à peu, on devient sage... »

« J'ai appris le mariage de Dominique Hériot », dit-elle.

Il fit :

« Ah ! »

Et, aussitôt, il détourna les yeux.

Que savait-il ? Qu'avait-il deviné ? Qu'avait-il ignoré ? Avait-il tout compris ? Ou rien ? Ou volontairement refusé de connaître la vérité ? Jamais elle ne le saurait. Que de mensonges, hélas ! entre eux. Et pourtant, ils étaient unis, amis. Ainsi, des eaux mêlées de limon, de racines arrachées au passage, de sombres terres, forment une rivière puissante, féconde. Jamais elle ne saurait rien. Et là où, autrefois, elle eût demandé la vérité, elle se taisait, elle ne désirait que plus d'ombre et plus de silence.

Elle eut peur de ce flot de rêveries qui l'entraînait loin de lui. Leur salut était dans ce qui les touchait en tant que couple, et non en tant qu'individus distincts. Unis ils étaient invincibles ; parfois, il leur semblait que la mort même n'aurait sur eux aucun pouvoir. Séparés, ils n'étaient que les plus faibles des êtres humains.

Antoine dit :

« Gilbert va me faire connaître Bruhl. Il possède la majorité des actions de la compagnie Rogier. J'espère que l'année prochaine sera meilleure. J'ai cessé d'espérer une période absolument calme et prospère. La réussite d'une affaire est faite d'un équilibre instable entre deux désastres et il faut s'en contenter. Mais cela déjà serait beau. La première dépense somptuaire que je ferai sera de racheter une voiture. »

Il ferma le poste.

« Je croyais avoir Moscou. Ce n'est que Radio-Paris. Quel clou ! Dites-moi, le dîner chez les Salaris, hier, quel ennui mortel !

— On mange mal chez eux.

— Et leurs vins sont infâmes.

— Est-ce que vous avez vu la robe de Béatrice ?

— Cette cascade de plumes ? Elle est folle.

— Oui, c'est affreux, n'est-ce pas ? »

Ni l'un ni l'autre n'écoutaient réellement ce verbiage, mais ils se sentaient sinon heureux, du moins calmes, à l'abri.

Un peu plus tard, ils se couchèrent et, dans la chaleur du lit, goûtèrent un amour qui n'était que l'ombre de l'ancien amour, mais qui, nourri des souvenirs du passé, d'une volonté passionnée d'oubli, refleurissait parfois et prenait vie.

35

Chez les Guilhem, quelques mois plus tard, Marianne rencontra Dominique. Il était accompagné d'une femme petite et mince, jolie, mais d'un aspect timide et effacé.

« Ma femme », dit Dominique en la présentant à Marianne.

Elles se serrèrent la main. La nouvelle venue paraissait dressée à l'obéissance stricte et au silence. Marianne essaya en vain de la faire parler ; elle répondait brièvement, d'une manière froide et contrainte. Cependant, elle ne paraissait pas sotte.

« Sans doute, songea Marianne, était-ce bien la femme qu'il fallait à cet homme troublé, inquiet, qui jamais ne cessera de se chercher soi-même… »

Au bout de quelques instants, elle se vit seule avec Dominique dans la petite pièce en rotonde qui précédait la salle de concert. Ils avaient commencé à parler l'un à l'autre comme deux étrangers qui n'ont en commun aucun souvenir ; chacun d'eux pensait qu'ils changeraient de ton lorsqu'ils seraient seuls, mais voici qu'ils étaient seuls, que personne ne pouvait surprendre leurs paroles, qu'ils devaient baisser la voix pour ne pas gêner le public dans la salle de concert, et que leurs lèvres, malgré eux, continuaient à prononcer les mots les plus glacés, les propos les plus neutres.

La première, Marianne demanda presque involontairement :

« Heureux ?

— Heureux ? répéta Dominique, c'est un mot trop bref… sans nuances… Disons, si vous voulez, que j'ai l'impression d'avoir commencé une autre vie… Oh ! ceci n'a rien de particulièrement flatteur pour ma femme. Cela m'est déjà arrivé deux ou trois fois de sentir, un beau matin, que je m'embarquais sur un autre fleuve. Certains êtres n'ont qu'une seule existence, sinon toujours la même du berceau à la tombe, mais qui se développe toujours dans la même direction. Moi, plusieurs fois déjà, j'ai brusquement changé de désirs, de pensées, d'amours jusqu'à sentir s'éveiller en moi une autre âme et je crois que je ne connaîtrai plus ici-bas que ce bonheur : le renouvellement, la seconde naissance.

— Vous souvenez-vous de vos vies précédentes ? » demanda Marianne en s'efforçant de sourire.

Il secoua la tête :

« Je m'en souviens, mais elles ne me touchent plus. Et cela doit être ainsi.

— Sans doute, mais c'est difficile… Si je comprends bien, vos *moi* successifs cèdent sans souffrance leur place à d'autres. Ce n'est pas une loi commune. Chez certains, il y a une cohabitation des âges de la vie, ou, si vous préférez, des états différents de la vie qui est, par moments, intolérable. Une part de soi-même se résigne, vieillit, devance même la vieillesse ; l'autre en

242

est restée à l'adolescence, à la jeunesse. C'est cela qui est difficile. »

Elle s'interrompit, regarda la femme de Dominique assise sur une chaise dans les premiers rangs de la foule :

« Est-elle ce que vous souhaitiez ?

— Oui. Vous vous souvenez qu'en ce qui concerne ma future femme, mes souhaits étaient modestes. Ceux-là sont parfois exaucés. Elle est bien ce que je voulais.

— *Ancilla Domini ?*

— Oui. »

Il hésita un instant, dit :

« Je dois vous dire que je l'ai épousée principalement pour pouvoir reconnaître mon enfant, oui, une fille que j'ai eue d'elle et à laquelle je suis très attaché.

— Quel âge a-t-elle ?

— Elle va avoir cinq ans. Au moment de votre départ, je me suis trouvé devant ces routes différentes, qui menaient... l'une, vers vous, dit-il plus bas ; l'autre, vers cette enfant. Je ne parle pas de la mère qui vient par-dessus le marché, mais de cette enfant. Lorsque vous êtes partie, je pouvais vous attendre ou la choisir. Mais il m'était impossible de vivre comme avant.

— Je ne pensais pas, dit Marianne, qu'un enfant pût signifier grand-chose pour un homme. Antoine est un excellent père, mais non un père passionné, comprenez-vous ?

— Ah ! c'est que j'ai toujours été pauvre... Mais oui, rien ne m'a été donné complètement. Est-ce par ma faute ou celle des autres ? Je n'en sais rien. Mais voici, enfin, quelque chose à moi, comprenez-vous, un autre moi-même…

— Quelle illusion…

— Croyez-vous?

— La dernière, la suprême illusion. J'ai des enfants, je les vois tous les jours plus différents de moi, plus étrangers à moi, incapables même d'être heureux, ce qui est la seule chose qu'on leur demande. Vous savez comme moi qu'on n'est pas heureux dans l'enfance. Et plus tard, soumis au même sort que nous, qu'auront-ils de meilleur que nous?

— Je ne vous crois pas. Je ne veux pas vous entendre. Elle est l'amour de ma vie, fit Dominique en souriant.

— Elle est belle?

— Très belle. Blonde, aux yeux noirs, et la peau transparente et rose des portraits anglais. Vous me permettrez de vous la montrer, un jour?

— Certainement. Elle est un peu plus jeune que les miens. Ils joueront ensemble. »

Elle se leva pour saluer la mère de Béatrice qui s'avançait vers elle. Dominique s'éloigna.

« Voici que je le vois, de nouveau, de loin, comme autrefois, comme il y a onze ans, songeait-elle en écoutant la vieille dame qui parlait de sa dernière crise de foie et de la cure qu'elle avait faite à Carlsbad ; pendant quelque temps, nos vies ont été confondues. Je ne pouvais pas plus voir ses traits que je ne puis le faire pour Antoine. Maintenant, de nouveau, il est extérieur à moi. Il m'est possible de le regarder avec détachement. Comment expliquer cela ? Je m'éloigne de lui. Et de cet endroit de la route où je suis arrivée, mon amour passé pour lui ne paraît pas moindre, mais pourtant "rentre dans les rangs", si je puis dire, reprend sa place parmi d'autres sentiments, d'autres amours. »

Elle se rappela les excursions en montagne, lorsqu'elle était jeune fille, et comment, en redescendant vers la plaine et en tournant la tête en arrière, tous les sommets paraissaient sensiblement de la même hauteur, égalisés par la distance.

« Dominique me dit, pensa-t-elle encore, qu'il recommence l'existence, que cela lui est arrivé plusieurs fois. Je l'envie. Pour moi, le chemin paraît long, déjà, derrière moi, chargé de souvenirs. »

Cependant les musiciens avaient repris leur place et commençaient un *Quatuor* de Mozart que Marianne aimait. Elle vit Dominique s'arrêter près de sa femme et échanger avec elle quelques paroles à voix basse. À son vif étonnement, Marianne sentit ses yeux se mouiller de larmes. Un instant les lumières de la salle parurent entourées de ce halo tremblant que leur donnent les pleurs, puis, avec un violent effort, elle se ressaisit.

« Il ne m'a pas parlé de Solange », songea-t-elle, se souvenant de la jeune femme, morte depuis deux mois. Elle avait été emportée presque subitement par une hémorragie.

36

Gisèle avait douze ans ; François, dix. En août 1931, une petite sœur était née, appelée Solange en souvenir de sa tante, la femme de Gilbert, morte avant sa naissance.

Gisèle était une fillette brune aux cheveux lisses, coupés en frange sur le front, aux yeux bleus et aux longs sourcils aigus, un peu soulevés vers les tempes. François était chétif, pâle, ébouriffé ; ses mèches sombres et rudes formaient sur son front un épi rebelle ; ses joues étaient marquées de taches de rousseur, les yeux si clairs qu'ils paraissaient presque incolores, les jambes maigres couvertes de bleus, d'égratignures, les genoux gros et rugueux. Il se tenait toujours très droit, les mains profondément enfoncées dans ses poches ; il était intraitable, insolent, brutal, paresseux par moments, à d'autres doué d'une agilité d'esprit qui tenait du prodige.

Le jeudi, les enfants recevaient chez eux à goûter leurs cousins, les plus jeunes fils de Pascal Carmontel, et la petite Rosette Hériot, la fille de Dominique. Les chambres du fond et le long couloir devaient en principe suffire à leurs jeux, mais, à chaque instant, profitant de l'absence d'Antoine et de Marianne, l'un ou l'autre entrait en courant dans le salon, s'arrêtait, regardait autour de lui avec les vifs mouvements curieux d'un oiseau, poussait un petit cri léger ou faisait une cabriole sur le doux et chaud tapis et disparaissait.

C'était l'automne. Tout à l'heure, les domestiques allaient fermer les volets. Les domestiques ne gênaient pas les enfants. Ils préparaient la table du goûter ; ils ne regardaient pas les enfants, et les enfants ne s'occupaient pas d'eux. Les parents étaient encombrants, mais Martin, Alida, Nurse se distinguaient à peine des meubles familiers : on n'avait pas de pudeur devant eux, pas ce sentiment insupportable d'être regardé, jugé, et quoi que l'on fît, de n'être jamais à la hauteur du désir, de l'espoir des parents. Les enfants se sentaient libres, merveilleusement solitaires et légers. Ils avaient envie de gaspiller, de détruire ils ne savaient quoi ; l'excès de vie les étouffait par moments, et ils tentaient de s'en délivrer par des cris sauvages, par le plaisir de se battre, de rouler à terre, de jeter les coussins sur le sol et de les piétiner.

Puis, aussi brusquement qu'ils s'étaient jetés l'un vers l'autre, ils se déliaient et s'enfuyaient ou se prenaient par la main et dansaient une ronde, puis quelqu'un criait :

« Cache-cache ! Cache-cache ! »

Et, avec des cris de joie, ils se dispersaient de nouveau.

La cachette était leur jeu préféré. Gisèle, la première, entra dans le salon, en fit le tour sur la pointe des pieds, puis se glissa derrière le canapé.

Elle pensait à son cousin Bruno, dont elle était amoureuse. Ses rêves étaient innocents encore ; le trouble qu'ils éveillaient en elle était singulier, aigu, ardent comme une flamme. Pour le chasser, elle s'accrocha des pieds et des mains au dossier du canapé, l'escalada, riant tout bas. Qu'aurait dit maman ?

« Laisse ça, Gisèle… »

Ses parents ne semblaient pas avoir d'autres mots à la bouche :

« Laisse ça… Ne touche pas à ça… »

Quelle idée bizarre de garder ce vieux canapé… L'hiver, impossible de s'y asseoir à cause des vents coulis qui soufflaient à travers les interstices de la baie. Mais maman disait :

« Il a toujours été là. »

Gisèle était assise sur le dossier et battait de ses pieds les coussins de velours. Au fond, rien dans ce salon ne lui était familier, aimable. Rien ne lui appartenait. Chacun de ces meubles était contemporain d'une époque inconnue, à peine réelle ; nulle part ici elle ne retrouvait trace d'elle-même, de ses pleurs, de ses jeux, de ses rêves. Tout semblait recéler une signification qu'elle ne connaissait pas, qu'elle ne connaîtrait jamais, mais, par moments, chaque chose dans cette ombre paraissait prête à chuchoter :

« Je sais, moi, ce que tu ignores… Je sais, je sais… »

Elle entendit des pas. On la cherchait. C'était François. Elle poussa un cri sauvage et partit comme une flèche. Mais François avait eu le temps de saisir au vol l'extrémité de sa robe : elle était prise. C'était à son tour de chercher. Le cœur battant encore de sa course, le sang aux joues, elle s'agenouilla contre un fauteuil dans le fumoir, le visage dans ses mains, comptant à voix haute :

« Une, deux, trois… » jusqu'à cent.

François avait pris la place de sa sœur maintenant, derrière le canapé ; ils ne cherchaient pas de cachettes nouvelles, mais un alliage d'ombre, de silence, de complicité, de mystère que l'on trouvait ici et non là, derrière cette chaise et non cette autre, on ne savait pourquoi. Collé contre le mur, respirant l'odeur légère de poussière qui montait du tapis, François se terrait. Vue, ouïe, tous ses sens étaient merveilleusement aiguisés, tendus ; il était attentif au moindre frôlement, à la respiration de l'ennemi dans l'ombre, au faible rayon de lumière qu'il apercevait sur le parquet, quand la porte s'ouvrait ; son cœur battait si fort qu'il y portait les mains, par instants, et l'écoutait en fermant les yeux. Il était enivré de course, de jeux, d'étrangeté. Enivré, mais non heureux : François ne se sentait jamais pleinement heureux : ses désirs étaient multiples, violents, parfois contradictoires ; il aimait et détestait toutes choses avec trop de force. En ce moment, il souhaitait que Rosette Hériot fût à côté de lui. Mais Rosette n'avait pas voulu le suivre. Un petit morceau de galon qui garnissait le bas du divan était décloué. Il l'arracha ; ses doigts maigres, durs, agiles s'acharnaient sur l'étoffe qui craquait doucement.

Quelqu'un entra et alluma une lampe dans un coin pour éviter les chutes. Gisèle cria :

« François… On joue à autre chose. Viens ! »

Il ne répondit pas. Rampant sur les mains et les genoux, il sortit de sa cachette. Il regarda autour de lui : cette pièce à demi éclairée l'enchantait et, cependant, l'attristait. Il éprouvait un sentiment semblable à ce halo qui entoure le souvenir. Le souvenir lui-même n'existait pas, mais son goût, son approche, ce frisson de déjà vu, cette réfraction qui va du présent au passé, comme le reflet de l'image sur la surface d'un miroir... Lorsqu'il jetait les yeux du côté de la Seine, le sentiment s'intensifiait et s'assombrissait, devenait voisin de l'angoisse. Il avait toujours eu peur dans l'obscurité. L'être humain, en venant au monde, semble apporter avec soi des visions de ténèbres et d'effroi, qui céderont peu à peu, s'évanouiront pendant le jour ou à la douce clarté des lampes, mais ne disparaîtront jamais complètement, reviendront dès les premiers instants de solitude ou d'obscurité.

Il se tenait debout au milieu de la pièce, le front baissé, les lèvres serrées, si profondément absorbé dans ses pensées qu'il n'entendit pas entrer Martin et tourna la tête seulement en entendant la voix du domestique :

« Qu'est-ce que vous faites là, monsieur François ? »

En même temps, avec vigilance, Martin inspectait le salon. Quelle sottise encore ce sacré gamin avait-il inventée ? Mais non, tout paraissait en ordre. Il répéta :

« Mais qu'est-ce que vous faites donc là ? »

François ne répondait pas, ne l'écoutait même pas. Par moments, il était envahi par un désir d'immobilité, de silence, par une rêverie lourde et confuse, d'où il sortait les yeux brillants, les joues chaudes, comme pris de vin. Alors, si son père ou sa mère étaient présents, ils s'irritaient ou s'étonnaient, demandaient :

« Mais enfin, qu'est-ce que tu écoutes comme ça ? Qu'est-ce que tu regardes ? Il n'y a rien dans ce coin noir. À quoi penses-tu ? Que dis-tu ? »

Car il récitait alors à mi-voix n'importe quoi : Am, Stram, Gram, ou sa table de multiplication, ou des mots orduriers, n'importe lesquels, pour former une sorte de rythme qui facilitait et allégeait sa pensée. Cependant, on ne pouvait parler de pensée proprement dite. Il ne raisonnait pas, il n'imaginait pas. Il absorbait, et moins par la vue ou par l'ouïe que par une mystérieuse faculté, semblable au sixième sens des somnambules, certains sons, certaines couleurs, certaines odeurs, indiscernables parfois pour autrui et qui se déposaient en lui et seraient, plus tard, le fond même de son âme : un cri dans la rue, un coup de sifflet sur la Seine, différents, il ne savait pourquoi, de mille autres cris, de mille autres coups de sifflet, la lumière d'une lampe allumée dans un coin, une mince alliance d'or sur la main de sa mère, un pas dans la chambre voisine.

Martin dit :

« Le goûter est servi. »

Brusquement, il s'éveilla. Il regarda ses mains, décida qu'elles n'avaient pas besoin d'être lavées, les frotta contre sa culotte, courut vers la salle à manger où entraient en même temps les autres enfants, jusqu'à la petite Solange sur les bras de sa bonne.

Le chocolat bouillant, les petites brioches, le gâteau glacé de rose, la confiture d'abricots furent servis.

Les enfants goûtaient ; ils étaient assis autour de la table et plongeaient leur nez dans la mousse onctueuse du chocolat. Ils étaient à présent semblables à l'image que leurs parents avaient d'eux : de petits ventres satisfaits, de petits animaux repus, rien d'autre.

Puis les jeux recommencèrent.

Rosette était la partenaire de François ; elle ne le quittait pas. Ils couraient ensemble, se tenant par la main ; ils se cachaient ensemble. Elle portait une robe rouge ; ses cheveux courts, défaits par le jeu, retombaient en mèches légères sur ses yeux étincelants. C'était la plus jolie des petites filles. Elle lui donna une bague en papier d'argent. Il l'embrassa. Ils sautèrent à pieds joints par-dessus un pouf de velours qui roula à terre, les entraînant dans sa chute. Ils se relevèrent avec des cris, des fous rires, se jetèrent vers les autres.

Maintenant, c'étaient les derniers moments de la fête, les plus sauvages, les plus doux, si délicieux que plus rien n'importait, ni le souvenir des leçons qui n'avaient pas été préparées pour le lendemain, ni les gronderies de Nurse.

« Vous avez vu votre costume ? Il est beau... Vous vous êtes encore roulé par terre ! Mon Dieu ! quel enfant ! Maman le saura ! Vous serez puni... »

Un instant, il aperçut maman debout sur le seuil de la porte, qui souriait, et, en même temps, secouait la tête, contemplant le désordre de la chambre, avec une expression à la fois amusée et consternée. Elle voulut l'embrasser. Il s'arracha de ses bras. Le tapage redoubla encore. Les enfants semblaient exhaler leurs cris avec une sorte de défi, comme s'ils pensaient :

« Ce n'est qu'un moment, mais il est à nous... et vous, importuns, ennemis, inutiles, disparaissez ! Laissez-nous la place ! »

Maman avait fui. Il ne pouvait plus être question d'aller hors des chambres d'enfants, mais celles-ci suffisaient. Ils renversaient les chaises sur leur passage, criaient. Marianne, malgré la porte fermée, les entendait et soupirait :

« Mon Dieu, ces enfants ne savent pas s'amuser gentiment. Enfin, Dieu merci, demain l'école ! »

Tout à coup, François entendit la clé d'Antoine tourner dans la serrure. Cela, c'était le signal qui annonçait la fin de la fête, de la trêve. Tout allait redevenir humble, quotidien, odieux : le bain, le dîner, le coucher, les chemises de nuit ornées d'un galon rouge. Ses derniers instants, les derniers... Il aurait voulu s'enfuir, mourir. Les larmes lui montaient aux yeux, et il sautait encore à pieds joints, sur ses jouets défoncés, les piétinant, écrasant les grelots du chien en peluche et poussant des clameurs sauvages.

37

Antoine traversa l'appartement, prêta un instant l'oreille au tapage dans la chambre d'enfants, regarda l'heure :

« Six heures et demie. Enfin, ils vont partir... » et entra dans le petit salon où Marianne s'était réfugiée en compagnie du chat.

Elle leva les yeux et vit aussitôt, au visage de son mari, qu'il avait eu une journée fatigante, chargée, rien de particulièrement ennuyeux, sans doute, mais rien d'agréable non plus, une de ces journées qui paraissent à la fois vides et lourdes.

« Ça va ? » demanda-t-elle.

Il répondit :

« Ça va... »

Ils s'assirent auprès du feu. Cette chambre d'enfants... Elle n'occupait dans l'appartement qu'une place réduite, et les enfants eux-mêmes n'étaient, ne devaient être que des comparses autour des personnages principaux – les parents, mais, en fait, de jour en jour, leur rôle croissait en importance. Il était pénible de l'admettre, impossible de ne pas s'en apercevoir. Encore cinq ans, six ans, et elle-même et Antoine allaient descendre à ce rang effacé, subalterne, ce rang terne et sans éclat d'*utilités*, qu'ils avaient jadis assigné en esprit à leurs propres parents.

Antoine et Marianne étaient jeunes ; ils avaient encore une longue vie devant eux, mais la part d'imprévu, la part des possibles était restreinte et allait se restreindre tous les jours davantage. Eux, les enfants, tout pouvait leur arriver encore. Ils étaient prêts à tout, ouverts à tout, merveilleusement libres, disponibles. Pour les parents, le choix existait à peine. Il ne restait qu'un ou deux chemins. Rien d'autre.

« Berger ne paiera pas, dit tout à coup Antoine : il faut poursuivre… des frais, des ennuis, sans espoir de toucher. Tout va mal. On est empoisonné. J'ai mal à la tête. Vous paraissez enrhumée. L'heure est aux économies. La conséquence logique qui découle de ceci est…

— D'aller dîner ensemble dans le restaurant le plus cher, dit Marianne.

— Justement. »

Ils sourirent.

« Alors, partons tout de suite ? Nous allons prendre un verre dans le premier bar venu. Nous dînerons vers huit heures et nous rentrerons de bonne heure… J'ai un travail fou demain. »

Marianne alla mettre son chapeau et tous deux s'enfuirent. La porte refermée, on n'entendait plus le bruit des enfants ; ils poussèrent un soupir d'aise.

« Le malheur, c'est que cela les énerve tellement, dit Marianne, en pensant aux enfants : François surtout…

Je suis sûre que cela finira par un drame… Quelque grosse sottise. Nurse criera, menacera de s'en aller. Je serai forcée de punir. Quel ennui…

— François est odieux, dit Antoine; la petite est une brave gosse, qui ne semble pas annoncer de dons éclatants, mais une brave gosse… Mais François est indécrottable… »

Dans ses rares moments de sincérité envers lui-même (de plus en plus rares à mesure qu'il avançait en âge), Antoine, lorsqu'il regardait ses enfants, les voyait étrangers à lui-même.

« Ils doivent donner plus de joie à Marianne qu'à moi, songeait-il; une joie purement matérielle, presque animale… Les caresser, les habiller, les baigner. » La simplicité des femmes en ceci devait leur être d'un grand secours. Mais lui n'éprouvait rien de pareil. Il eût aimé toucher leurs cœurs, et ils semblaient n'être que chair : cris, rires, mouvements, et rien au-delà… puis, tout à coup, un éclair apparaissait (mais si vite, si jalousement dérobé!), qui permettait d'entrevoir une âme inconnue, étrangère. Car ce qu'il recherchait en eux, ce n'était pas eux, mais lui-même, sa propre enfance qu'il eût voulu comprendre enfin, presser dans ses bras, consoler. Mais en vain poursuivait-il en eux l'ombre d'Antoine enfant; ce qu'il trouvait, c'était le front de Gilbert, la brutalité de Pascal, une inflexion de voix qui semblait échappée des lèvres de Mme Carmontel, jusqu'à des dons qui lui déplaisaient parce qu'ils n'avaient jamais été les siens.

« Où allons-nous? » demanda Marianne quand ils furent dans la rue.

Ils choisirent un petit bar où ils s'étaient souvent donné rendez-vous avant leur mariage ; là, Marianne pénétrait autrefois seule, le cœur battant, cherchant Antoine des yeux dès qu'elle était entrée, et souvent ne voyant personne que le barman qui s'avançait vers elle en souriant :

« Justement, ce monsieur vient de téléphoner qu'il ne pouvait pas venir, qu'il était retenu, qu'il rappellerait. »

Entre ces murs clairs, ornés de gravures anglaises, avaient tenu ses plus ardents espoirs, ses joies les plus aiguës, des moments de détresse tels que jamais rien, plus tard, ne pourrait les égaler. Depuis son mariage, c'était le lieu de rendez-vous le plus banal, le plus quotidien ; parfois elle y retrouvait Antoine après le bureau ; souvent, il lui offrait là un sandwich et un verre de champagne en sortant du théâtre.

Tous les souvenirs, peu à peu, s'étaient effacés, comme, dans la mémoire, le visage des morts.

Ils avaient décidé de laisser la voiture, afin de marcher un peu. Puis ils prirent un taxi. Le bar était désert.

« Si nous dînions ici ? » proposa Marianne.

Taciturne d'ordinaire, Antoine, ce soir, parlait avec assez d'abondance de l'histoire Berger (des traites impayées), qui visiblement l'irritait. L'affaire elle-même était obscure et embrouillée et, de la bouche d'un autre, Marianne eût compris peu de chose. Ici, elle devinait, non pas les détails, mais l'essentiel, ce qui importait à Antoine qu'elle devinât – c'est-à-dire les sentiments qu'il avait éprouvés et les pensées qui lui étaient venues. Sur ce point, Marianne ne se tromperait pas. Elle lisait sur les lèvres d'Antoine les paroles qu'il allait prononcer avant même qu'il les eût dites. Entre mari et femme, il existe peu de réactions imprévisibles, comme il peut y en avoir entre parents et enfants, ou entre les amis les plus chers. En ceci les époux ressemblent aux frères et sœurs qui, même indifférents, même ennemis, ne sont jamais l'un pour l'autre indéchiffrables. Marianne, par contraste, se souvenait parfois de cette sensation d'avancer à tâtons, dans une forêt obscure, que donne le commencement de l'amour, quand le corps et l'âme sont également inconnus et pleins de surprises.

Antoine, ayant terminé son léger repas, rejeta la tête en arrière du mouvement qui lui était familier et sourit :

« Ça va mieux… Au fond, on est rarement ensemble, c'est dommage…

— C'est vrai. Si on faisait le compte des heures qu'un mari et une femme passent seuls l'un avec l'autre, on arriverait à un nombre ridiculement petit… »

Marianne se tut brusquement, songeant que l'amour conjugal pouvait croître non seulement sans l'aide des époux, mais malgré eux, malgré les querelles, les déceptions et les trahisons, croître par sa propre vertu, comme un enfant ; mais, à la question d'Antoine :

« À quoi pensez-vous ? »

Elle répondit :

« À rien… »

Encore une fois, il parut avoir suivi sa pensée sinon jusqu'au bout, du moins à mi-chemin. Il la regarda avec amitié :

« On est de bons amis, Marion ? Heureusement…
parce que le reste…

— Eh bien ! quoi, le reste ? fit-elle en haussant les
épaules ; c'est l'affaire Berger qui vous tracasse ?

— Non… Pas spécialement. Mais on vit en se disant
qu'un jour on aura atteint, enfin… le bonheur ? Non…
Personne n'est assez naïf pour croire ça… Mais certain
niveau, supérieur à celui auquel on se trouve actuelle-
ment. Je ne parle pas d'argent ou d'ambitions, naturellement, quoique de cela aussi il y aurait beaucoup
à dire (mais cela, en somme, est secondaire). Mais un
certain contentement intérieur, la paix de l'âme, je ne
sais comment l'appeler… Et non seulement cela paraît
de jour en jour plus lointain et inaccessible, mais on est
entouré d'une espèce de tumulte vain, contre lequel
il est impossible de se défendre, contre lequel on n'a
plus la force de se défendre… Aucun recours… Dans
l'extrême jeunesse, ce recours ne manquait pas, mais
maintenant…

— Oui, il se fait rare », reconnut Marianne avec un
léger soupir.

Le champagne qu'elle venait de boire lui montait à
la tête et l'étourdissait.

Elle ferma à demi les yeux :

« Sommeil ?

— Non. Mais ce rhume… »

Il lui prit la main, fit jouer le poignet entre ses doigts
comme dans un bracelet :

« Rentrons…

— Tout à l'heure… À la maison, personne ne
semble plus avoir besoin de nous…, fit tout à coup
Marianne.

— Tant mieux. »

Ils se turent.

« Rentrons, répéta Antoine ; demain, je dois me lever à sept heures. »

Ils firent quelques pas à pied et hélèrent un taxi. Il venait de pleuvoir. À l'angle du rond-point et de l'avenue des Champs-Élysées, une auto qui venait de passer devant eux dérapa et heurta rudement un réverbère. Ils entendirent un bruit de vitres cassées et les coups de sifflet des agents, mais ne virent rien d'autre que la foule accourue.

« Ils sont joliment amochés, dit le chauffeur, avec une sorte de cordiale férocité.

— C'est vite fait », murmura Marianne.

Oui, c'est vite fait… Quand Antoine était plus jeune, il trouvait la vie brève et la mort l'épouvantait. Maintenant, il n'y pensait jamais…

Marianne, lasse, un peu fiévreuse, les yeux fermés, s'appuyait contre l'épaule de son mari. Il l'attira à lui, et ils s'embrassèrent. Ils s'étaient embrassés si souvent… Ce mouvement des bouches qui se tendent l'une vers l'autre, qui se pénètrent, était devenu aussi machinal que l'action de respirer.

Il songea :

« La femme que j'ai le plus aimée n'est pas celle-ci, mais, au moment de mourir, je regretterai ce qui nous unit plus que je n'ai regretté la passion. La passion semble un don de Dieu "trop beau pour être vrai". On sent qu'Il vous la prête seulement pour un temps, mais ceci est bien à nous… acquis avec peine, lentement amassé, distillé comme un miel. Et, un jour, il faudra abandonner ça aussi. Quel dommage… »

Ils ne bougeaient pas, leurs bras enlacés, leurs corps pressés l'un contre l'autre. Ils ne ressentaient pas de désir; ils étaient calmes, un peu ironiques et sans joie, mais, au bout d'un instant, il leur sembla que leur fatigue les quittait.

Le Livre de Poche s'engage pour l'environnement en réduisant l'empreinte carbone de ses livres. Celle de cet exemplaire est de :

400 g éq. CO$_2$

PAPIER À BASE DE FIBRES CERTIFIÉES

Rendez-vous sur www.livredepoche-durable.fr

Composition réalisée par DATAGRAFIX

Achevé d'imprimer en juin 2020 en France par
La Nouvelle Imprimerie Laballery
Clamecy (Nièvre)
N° d'impression : 005260
Dépôt légal 1re publication : janvier 2014
Édition 04 - juin 2020
LIBRAIRIE GÉNÉRALE FRANÇAISE
21, rue du Montparnasse – 75298 Paris Cedex 06

31/7643/5